伯爵令嬢と騎士公爵のおかしな関係

The strange relationship between a countess and a knight duke

シンシア

年齢 19歳 身長 150cm

リュファス

年齢 25歳 身長 179cm

王弟であり公爵。
全属性の魔術が使える一級魔術師で、
王国騎士団魔術小隊隊長の職につく。
幼い頃から感情を殺してきたため、
感情表現が苦手。
「笑わない貴公子」という
名がついたが、
秘密があって…!?

ナンシー
年齢 20歳 身長 168cm
マロウ子爵令嬢で
風属性魔術が得意。
世話焼きで姉貴肌な性格のため、
久しぶりに入った
新人使用人シンシアのことを
可愛がる。
レイチェル
年齢 19歳 身長 156cm
アンジーニ子爵令嬢で
チャレンジ精神旺盛。
食べることが大好きな
ふわふわとした天然さん。
シンシアに対して似た部分を
感じ、仲良くなる。

伯爵令嬢と騎士公爵の
おかしな関係
The strange relationship
between a countess
and a knight duke
しきみ彰
ill. 中條由良

Contents

序章　貧乏伯爵令嬢、騎士公爵家のメイドになる

ランタール王国には、美味（おい）しいものが溢（あふ）れている。

国の主神が美食家な豊穣（ほうじょう）神だからとか、建国した女王がとても食にうるさく食文化を向上させるためにいくつもの改革を出したからとか。そんな理由から、食文化の水準が他国より高いらしい。

そのため、領地ごとに独自の食文化が形成されていた。

その中でも王都・コロンは、各領地の美味しいものがたくさん集まる場所だった。

王都の一角には、カレンタ通りという様々な種類のお菓子屋が並ぶ場所がある。どこの店もカラフルなレンガ造りの建物をしており、とても可愛（かわい）らしい造りをしている。店のドアを開けば、宝石のように美しい菓子たちに出合えるはずだ。

今日も今日とてカレンタ通りは賑（にぎ）わい、甘い香りを漂わせていた。

そんなカレンタ通りの昼下がりを、長く癖のある黒髪をなびかせ歩く少女が一人いた。

歳（とし）は一九。こげ茶のワンピースにエプロン姿の彼女は、とても平凡な顔をしていた。しかし紺碧（こんぺき）の瞳はキラキラと輝き、口元は隠しきれない笑みが浮かんでいる。

（三時間、並んだ甲斐（かい）がありました……！）

シンシア・オルコットは、上機嫌だった。

その理由は、彼女が大事に抱える箱にある。

中には『パティスリー・ハピア』で一番人気のショートケーキが入っているのだ。ショートケーキに使っているフルーツが季節ごとに違っており、それがケーキ好きの女性たちから好評を博している理由だ。

人気すぎるあまり、開店前から大行列ができてしまうそのショートケーキ。それを買うために、一体どれだけ食費を切り詰めてきたのか。

しかも今日は仕事の時間帯をわざわざ夜にずらし、春先の朝の中をケープ一枚で乗り切ったのだ。それらの苦労を思い出すと、涙が滲(にじ)んでくる。

(でも、いいんです……このケーキを買えたのですから、今までの苦労なんてどうってことありません!)

シンシアは一か月に一度、自分へのご褒美としてケーキを買っていた。彼女の生まれた領地とは違い、王都には様々なケーキ屋が並んでいるのだ。

甘いものと紅茶が何よりも好きなシンシアにとって、ケーキを食べることは癒しだ。

(これくらいの息抜きがなくては、仕事なんてやっていられませんからねっ)

これでも一応伯爵令嬢なのだ。たまにはおしゃれなことをしたい。

貧乏なため貴族令嬢らしい生活と服装をすることを諦めていたシンシアだったが、せめて行動だけは貴族令嬢らしくあろうと考えていた。

スキップをしながら、シンシアは浮かれる。

夜の仕事までまだ時間がある。急いで貸家に帰らなくてもよさそうだ。家に帰ったらとっておきの紅茶を淹(い)れて、この宝石のようなケーキを食べよう。

「ああ、今日はいい日です」

笑顔を浮かべたままそう呟(つぶや)いたときだった。

曲がり角からいきなり、男が飛び出してきた。

「邪魔だ！」

「え、きゃあっ⁉」

焦った様子の男にドンッと勢いよく押されたシンシアは、体勢を崩し尻餅をついてしまう。それと同時に、ケーキの入った箱が宙に投げ出された。

シンシアは体をひねり、背後を見る。箱は綺麗(きれい)な放物線を描いていく。

「あ」

べちゃ。

シンシアが声を上げるのとほぼ同じタイミングで、箱が道に叩(たた)きつけられた。

(わ、私のショートケーキが……)

愕然(がくぜん)としていると、通行人が箱を踏んでしまった。

シンシアの頭の中が真っ白になった。

(は、箱が落ちただけならばまだ食べられますが……ふ、踏まれ、てしま、ったら、さ、さすが、に……む、り……です、ね……)

三時間並んで買ったショートケーキが。

一か月我慢したお金で買った、大好きな甘いものが。

こんなにもあっけなく、食べられなくなってしまうなんて。

衝撃的すぎて、泣いていいんだか怒っていいんだかわからない。

「わ、わたしの、ケーキ……」

道にへたり込んだまま途方に暮れていると、視界に白い手袋が映り込む。

「大丈夫か？　先ほどの突き飛ばしてきた男のせいで、足でも痛めたか？」

「……は、へっ？」

顔を上げれば、そこには綺麗な容姿をした男性がいた。

（わぁ……素敵な人です）

歳は二〇を超えているだろうか。帽子をかぶった、黒い髪と紫色の瞳が特徴的な男性だ。

目鼻立ちが整っており、見るからに美人。一見質素に見えるが、質のよい服を着ている。

（あ、そういえばこの方、ハピアの列に並んでいました。帽子をかぶっていますし、もしかして貴族の方なのでしょうか？）

貴族がここにいるのは、あり得ない話ではなかった。女性への贈り物はお菓子が多いからだ。

ただ、貴族本人が買いに来るというより、従者が代理でお使いに来ることのほうが多いが。

しかしシンシアは、社交界デビューした一六歳のとき以来社交の場に出ていない。そのため相手のことがわからなかった。

こんなにも美しい人なのだから、相当有名な貴族だろうとは思うが。

（そんな貴族様に手を差し伸べていただけるなんて……神様は意外と優しいのですね）

泣きたい気持ちをこらえながら、シンシアは今の自分にできる最高の笑みを浮かべた。

「ありがとうございます。ですが大丈夫ですよ。足は痛めておりませんし……ふ、は、ははは……悲しさのあまり、打ちひしがれていた、だけですので……」

途中でケーキのことを思い出してしまい、どんよりしてしまう。そこを根性で持ち直したシンシアは、最後の気力を振り絞った。

「心配していただき、ありがとうございました。自分で立てますのでお気になさらずに。……私のように、ケーキがつぶれる前に帰ったほうがよいと思いますよ。せっかくのハピアのケーキなのですから」

「……シンシア・オルコット？」

「……え？　どうして、私の名前を……」

しかし返ってきたのは、予想してなかった言葉で。シンシアはぱちくりと目を瞬かせる。

（会ったことがあるとしたら社交界デビューのときでしょうが……こんな方、いましたっけ？）

黒髪で紫色の瞳をした美男子がいたら、貴族令嬢たちが黙っていないはずなのだが。

そう思っていたら、ぐっと手を摑（つか）まれた。

「ふぇっ⁉」

「すまない、シンシア・オルコット。だが見られたからには仕方ない……少しの間、わたしに付き合ってくれるな？」

「え、あ……は、い」

鬼気迫る様子の美男子に耳元で囁かれ、シンシアはこくこく頷く。断ったら無理やりでも連れていかれそうだと思ったのだ。

結果が変わらないのなら、大人しくしておくほうがいい。それがシンシアなりの考えだ。

素直なシンシアに、男性もホッとしたらしい。シンシアに手を貸しながら、その手をしっかりと握り締めた。

「さあ、行こうか。オルコット嬢」

*

そうして連れていかれたのは、貴族たちの居住区ミスリールだ。

隣家との隙間がほとんどない平民たちの居住区とは違い、石を積み上げて造られた外壁で区切られている屋敷が多い。初めて入った場所だったが、そこに連れてこられたこと自体は予想通りだった。

しかし男性が入ったのは、予想していない大きな屋敷だった。

シンシアたちが入ったのは裏門からだが、盾に天秤という特徴的な紋章が描かれた旗が表門ではためいていたのだ。

いくら田舎者の貧乏貴族令嬢だって、その紋章を掲げている貴族くらいは知っている。

(ここ、ジルベール公爵閣下の邸宅です……!)

ジルベール公爵というのは、王弟が臣下に下った際にもらった爵位だ。つまりここにいる貴族は、ただ一人。

本来なら会うことなど滅多にない、皇族の一人。つまり、高嶺の花だ。

(ど、どうしましょう……大変なところに来てしまいました……!)

屋敷に足を踏み入れたシンシアは浮かれた。夢にまで見た『貴族の住む邸宅らしい』内装が、目の前に広がっていたからだ。

廊下の端から端までふかふかした絨毯が敷かれているため足音一つ響かないし、どこもかしこも塵一つ落ちていないくらいぴかぴかだ。

あまりの衝撃に歩みが遅くなってしまったが、彼がぐいぐいと手を引いてくる。絨毯に足を取られつんのめりそうになりながら、シンシアは廊下を進んだ。

押し込まれるようにして入れられたのは、彼の私室だろうか。広々とした部屋に、品のあるシックなデザインの家具が並び、綺麗に整えられていた。

「ここまで帰ってきたなら、もういいだろう」

男性は、そう言うと帽子を取る。

すると髪の色が黒から銀へ。瞳の色が紫から赤へと変わっていった。魔術で髪と目の色を変えていたのだろう、とシンシアは予測する。

現れた美貌の人を目の当たりにし、シンシアは呆然（ぼうぜん）とする。その姿を見れば、さすがの彼女も相手の存在を思い出した。

リュファス・シン・ジルベール＝アヴァティア。

白雪のように美しい白銀の髪と、ガーネットの瞳が印象的な美男子だ。

王族の血を引いているため、真紅色の瞳をしている。歳は今年で二五歳。

公爵という立場でありながら王国騎士団魔術小隊隊長としてその名を馳（は）せているため、騎士公爵とも呼ばれていた。

ちなみに、他にも呼び名はある。『笑わない貴公子』とか『氷華の騎士』とか『女泣かせの鉄面皮』などだ。

これらの名前からわかる通り、リュファスはまったく女性を寄せつけない、冷ややかな性格をしている。

地位も年齢も結婚するには問題ないのに、浮いた話一つないのはそのためだった。

騎士団にいても、表情がまったく動かないらしい。気づいたらいなくなっていることもしばしばあるとか。

そのミステリアスな王弟に惹（ひ）かれる令嬢が後を絶たないという話を、シンシアは以前従妹（いとこ）を経由して聞いたことがあった。貴族社会に馴染（なじ）みのないシンシアですら知っているのだから、相当だ。

帽子を外したリュファスは、人形のように生気を感じさせない表情をしていた。

「座りなさい、オルコット嬢」

「はい……」

先ほどよりも声が冷ややかに聞こえ、シンシアは言われた通り長椅子に腰掛ける。

あんなにも浮足立っていた気持ちは嘘のようにしぼみ、愛想笑いしか浮かばなくなる。

(ただでさえ我が家は貧乏なのに。これ以上何か起きたら、そのときは没落ですかね……はは……ははははは……)

軽く現実逃避をしていると、リュファスがどこからともなくティーセットを持ってきた。彼は慣れた手つきでお茶の準備を始める。というより、リュファスが何か呟いただけで、茶器がひとりでに動き始めたのだ。

それが魔術によるものだということは、先ほどリュファスの見た目が変わったことからも明らかだった。

(……え、え、え？　ま、待ちましょう……落ち着くのです私。……いやいやいや。落ち着けますか……！　どうしてジルベール公爵閣下が、お茶の準備をしてるのです⁉　しかも、魔術で⁉)

シンシアが二重の意味で混乱している一方で、リュファスは感情の読み取れない真紅の瞳でシンシアを見つめてくる。

「オルコット嬢はどうして、あの場にいたんだ？　今は別に社交界シーズンでもないだろう。領地にいるのが普通では？」

「あ、えっと、その……」

　痛いところを突かれたなーと思う。これでも一応シンシアは伯爵令嬢。侍女も連れずにこんな場所に一人でいるわけがないのだ。

「……言えないのか？　何かやましいことでも？」

「そ、そのようなことはありませんが……その……我が家としては、あまり喜ばしくないといいますか……恥になりますので……」

　適当に濁してやり過ごそうと思ったが、リュファスにそれは通じないようだ。こちらを探るような視線で見られ、シンシアはたじろいだ。

（このままだと、無実の罪で牢屋にでも入れられてしまいそうです……）

　シンシアは、大きく息を吸い込んだ。

「……その。オルコット家は、貧乏なんです」

　シンシアは、家の事情をかいつまんで説明した。

　現在オルコット家は、亡き祖父が魔術狂いだったせいで金が祖父の道楽に消え、貧乏だということ。

　そんな状態を打開するために、母方の伯爵に借金をしながら実家を立て直しているところだということ。

「そして私がなぜ王都にいるかといいますと……実家に仕送りをするためなのです」

幸いなことに、シンシアが生まれた頃から始めた事業は軌道に乗ってきたため、借金を返す見通しは立っていた。だがそれだけではどうにもやっていけない程度に、オルコット家は貧乏なのだ。

売れるものは売り尽くし、それでも生活に支障が出る。だが父と母と兄は、事業を進めていく上で重要な役割を担っている。

結果、シンシアが王都で働き、仕送りをするということになった。

だから彼女は今こうして、伯爵令嬢がやらないような仕事をしているのだ。

「私は田舎貴族なので王都のほうが知り合いが少ないですし、いたとしても私が働いている平民区域にはめったなことがないと知り合いと出会う機会はないでしょう。また、こちらのほうが稼ぎが安定していたので、こちらにやってきたんです……お恥ずかしながら、以上が我が家の現状にございます」

まさかこんな私情を王弟に話すことになろうとは。情けなくて、シンシアは泣きたい気持ちでいっぱいになる。

しかしリュファスは別に馬鹿にするようなことはなく、考えるように顎に手を当てていた。

「……オルコット家は確か、食料関係の事業を展開していたな？」

弱小貴族の事業をそこまで知っているとは思わず、シンシアは面を食らう。

「は、はい。その中でも特に小麦の品種改良に力を入れています。領民の方とは昔から交流がありましたので、皆さんに手伝っていただきどうにか……最近は王都の菓子職人の方にも目をかけていただけて、業績もだいぶ上向きになったのです」

「そうか……素晴らしい努力だな」

リュファスが思わぬ方向に興味を示してくれたことに、シンシアは少なからず驚いた。だがオルコット家や大好きな家族、ひいては領地のことを褒められた気がして、少し嬉しくなる。

「はい。あと二、三年もしたら借金を返済することができそうで、安心しています」

「……二、三年……」

「借金を返済した後も、生活が安定するまでは王都で働くので……あと五年くらいはいるつもりです。ですのでその……決して悪いことを考えているわけではないのです。それだけはわかっていただきたく」

シンシアが必死の思いで弁明していると、リュファスが首をかしげる。

「いや、別にそれは考えていなかった。ただおかしいな、と思っただけだ」

（よかったです……没落することだけは避けられました……！）

内心安堵と喜びで踊っていると、リュファスがテーブルを指差す。

「ところでオルコット嬢。君はどれを食べたい？」

「……はい？」

独特のペースに、シンシアは口をあんぐりと開けた。

どうやらリュファスはとてもマイペースな性格をしているらしい。ポットに入った紅茶を魔術でカップに注ぎ、皿を宙に浮かせて用意をしながら、再度聞いてきた。

「君は先ほど、ケーキを落としていただろう。私はこの通り多めに買ってあるから、どれでも一つ食べなさい」

「え……よ、よろしいのですかっ？」

「もちろんだ。無理やり屋敷に連れ込んでしまった詫び（わ）だ。疑ってすまなかった」

「いえ、とんでもないです。ご慈悲をありがとうございます、ジルベール公爵閣下」

（やりました、やりました……！　あのハピアのケーキが食べられます！）

表面上は穏やかな令嬢を演じつつ、シンシアは心の中で乱舞する。まさかこんな形でケーキを食べることができるなんて。

神様は、甘いものが大好きなシンシアを見捨てなかったらしい。

（ありがとうございます、神様！　ありがとうございます、ジルベール公爵閣下‼）

改めて神とリュファスを讃（たた）えながら、シンシアはテーブルの上にのったケーキを見て目を光らせた。

ケーキは計三つ。

ショートケーキ、チョコレートケーキ、ベイクドチーズケーキだ。

シンシアは迷うことなく、ショートケーキを手に取った。

「そ、それでは、いただかせていただきます」

気が動転していたせいか、めちゃくちゃな敬語を使ってしまった。恥ずかしくて顔が赤くなる。

だがリュファスは、そんなシンシアの失態に見て見ぬ振りをしてくれた。

「ああ、どうぞ」

謝罪とお礼を込めて、人形のようにぺこぺこと頭を下げる。

手早く食前の儀式を済ませたシンシアは、フォークを構えながらごくりと唾を飲み込んだ。

おそるおそるフォークをケーキに当てれば、黄色いスポンジ生地が軽く押し返してくる。

さらに力を込めれば、ケーキはフォークを呆気(あっけ)なく通した。

一口サイズに分けてから、シンシアは一か月ぶりのケーキを口に含む。

瞬間、目の前に花畑が広がった。

(何これ……すごく美味しいです……！)

スポンジ生地はきめ細かく、とても舌触りがよかった。生クリームもくどすぎず、優しい甘さをしている。挟まっているいちごは甘酸っぱく、爽やかな後味を残してくれた。

シンプルなのにこんなにも美味しいなんて、一体どれだけよい食材を吟味して使っているのだろう。シンシアは一人感動する。

「美味しい……王城で食べたものの次くらいに美味しいショートケーキです……っ」

「そうか……ならよかった」

そこでシンシアは気づいた。リュファスの視線が、ショートケーキに向いているということを。

（もしかして、リュファス様も食べたいのでしょうか？）

ケーキは男性が女性に贈ることが多いのですっかり失念していたが、リュファスが食べたくて買った可能性もあったのだ。

シンシアは少し考え、皿をリュファスのほうに差し出す。

「ありがとうございました、ジルベール公爵閣下。残りはどうぞ、閣下がお召し上がりください」

「……いや、それは」

「私は、一口食べられただけで十分です。それに……この感動を共有したいという気持ちがありまして……」

キラキラした瞳で、シンシアはリュファスを見つめた。

オルコット家が貧乏だったからだろうか。シンシアは、一つの食べ物を分けっこすることが多かった。

そうなるとちょっとしか食べられないが、味の感想を言い合ったりするのが楽しいのだ。

シンシアの圧に負けたのか、リュファスはショートケーキを受け取りフォークを手に取る。リュファスがケーキを食べるのを、シンシアはじいっと凝視した。

ぱくり。リュファスが美しい所作でケーキを口に含む。

そのとき、シンシアは見た。見てしまった。

リュファスの瞳が細まり、口元に柔らかい笑みが浮かぶのを。

（わぁ……ジルベール公爵閣下って、このような顔をするのですね）

鉄面皮がここまで崩れるとは思ってもみなかった。

これはケーキ好き確定ですね、とシンシアはにこにこする。高嶺の花だと思っていた人が意外と近く感じられ、なんだか嬉しくなった。

「美味しいですよね、美味しいですよね？　スポンジ生地がしっとりしていて、生クリームは滑らかなのにくどくない。そしていちごの甘酸っぱさが、口の中を洗い流してくれるような、素晴らしい出来ですよねっ？」

「ああ。おそらくこのケーキは、ふくらし粉を使っていないのだろう。卵を泡立てて焼いたケーキは、とても美味しいのだ。使っている食材の素材もよい。誤魔化しが一切ないのがわかる味だ」

「本当にその通りです。三時間並ぶだけの価値があるケーキですね」

シンシアはリュファスと一緒に、のんびりのほほんとする。

まさか家族以外とここまでケーキ談話ができると思っていなかったシンシアは、普段よりもテンションが高かった。紅茶も美味しく、ケーキとの相性が抜群だ。

シンシアとリュファスはそれからチョコレートケーキとチーズケーキも分け合いっこし、味の感想を交わしていった。

（ジルベール公爵閣下、意外と親しみやすいです）

ケーキに関してここまで熱く語ると、大抵ドン引きされるのだ。

仕事仲間からは既に頭のおかしい子扱いを受けている。

それなのにまさか、あの王弟殿下とここまで話が合うとは。世の中わからないものだ。

「閣下は本当に、お菓子が好きなのですね。同好の士に出会えて、とても嬉しいです」

喜びをいっぱいに詰め、シンシアがそう微笑んだときだ。リュファスの表情が一気に凍った。

（え……私今、何かおかしなこと言いました……？）

ティーカップを持ったまま、シンシアは固まる。

危ない、うっかりカップを落とすところだった。こんな見るからに高価なものを割ったら、借金が増えてしまう。

借金返済したら貴族令嬢らしいことをしたいと思っているのに、夢の実現が遠のいてしまうところだった。

するとリュファスは顔を隠すように手を当てた。

「……わたしはそんなにも、楽しそうにしていたか？」

「え……は、はい。とても……」

「そうか……そう、か……」

目に見えて落ち込むリュファスを見つめ、シンシアは首をかしげる。

先ほどのような展開になったらたまらないと、見るからに高価なティーカップをテーブルに置いた。今度あの顔を見てしまったら、カップを落としてしまいそうだ。

　一方のリュファスは、何やらぶつぶつと呟いている。

「またあのような事態を招くわけには……しかし楽しかったのは事実だし……わたしは一体どうしたら……」

「……あのぅ？　大丈夫ですか？」

　正直言って怖い。鬼気迫るものを感じる。

　するとリュファスは今度は、シンシアのことをじっと見つめてきた。シンシアは内心ひい、と悲鳴を上げてしまう。

「………オルコット嬢」

「は、はい！　なんでしょう⁉」

「今君には、婚約者、ないしは恋人がいたりするか？」

「……え？　いえ、おりませんが……」

　リュファスはふむ、と一つ頷き。

「ならわたしと、婚約をしないか？」

　まさかの発言を口にした。

（……………………はい？）

リュファスの口からこぼれたまさかの単語に、シンシアの思考が停止した。カップを置いておいてよかったと本気で思う。

（えっと……あの婚約で間違いないのですよね……ジルベール公爵閣下が私に婚約を申し込む……？　そんな、まさか。というより、今の長考の間に、一体何があったのでしょう……？）

話が飛躍しすぎてわけがわからない。

玉の輿（こし）を狙っている令嬢ならともかく、シンシアの理性は比較的正常だった。

「その……閣下が婚約を申し込まれた理由をお聞かせ願えませんか？　あまりにも突然でしたので、頭が追いつかないといいますか……オルコット家は先ほども言いました通り、貧乏ですし。閣下に得のある婚約ではないと思うのです」

自分で言っておきながら、なんだか悲しくなってきた。しかしシンシアとしては、そのあたりを確認しないわけにはいかない。

リュファスは、呼び名通りの鉄面皮を貼りつけ淡々と告げてきた。

「もしわたしと婚約を交わせば、オルコット家の借金をすべて返済することを約束する。君からしてみたら、得しかない契約だと思うが」

「いえ、ですから私は、閣下に得がないと言っているのです。それに私の境遇に同情していただけたのであればなおさら、閣下の申し入れを受けられません。年月はかかりますが、返済できるだけの目処（めど）が立っているのです。どうしようもない状態ならともかく、身内の恥を他の方にそそいでもらうわけにはいきません」

シンシアはきっぱり断った。

そこまで同情してもらうのは申し訳ないし、リュファスを利用しているようで悪い。それに、契約は対等であるほうがいいのだ。

するとリュファスの表情に初めて、焦りのようなものが浮かんだ。

「なら……この屋敷で、メイドとして働くのはどうだ？　今君がもらっている給料の二倍……いや、三倍は出す！」

「え……ええっ⁉」

すごい譲歩をされた。まさかの流れに頭がぐるぐるする。

「この屋敷は広いが使用人が少ないんだ。わたしには君を雇っても問題ないだけの貯蓄もある。だから、その……」

「…………あの、閣下。本当の理由を教えてくださいませんか？」

リュファスが取り乱すのを見て、シンシアは自身の頭が冷静になるのを感じた。

落ち着いた声で問いかければ、リュファスがぐっと喉を詰まらせる。

それから数分、間が空いた。シンシアは、リュファスが話してくれるのをじっと待つ。

「…………自分勝手な主張なのだが、構わないか？」

それから少しして、リュファスはそんな前置きをした。シンシアはこくりと頷く。

真面目に話を聞こうとするシンシアの姿勢に、リュファスは観念したようだ。話しにくそうに目を逸らしながらも、ぽつりぽつりと本音を打ち明けてくれた。

「私は、私が甘いものが好きなことを、できれば内緒にしておきたいんだ」

――曰く。

リュファスが二〇歳の頃、彼が酒が好きだという話が出回ってしまったらしい。その話はあっという間に貴族社会に広まり、プレゼントとしていくつもの酒をもらったのだとか。その酒の数は三桁を優に超え、今も公爵家の保管庫に眠っていると、リュファスはげんなりした様子で話してくれた。

「もともとあった保管庫だけではどうにもならず……増築したんだ。酒は寝かせば寝かすほど美味しくなるが……菓子はな」

「ああ、なるほど……余れば腐ってしまいますし、ケーキは適量食べるから美味しいと思えるものです。……そんなにいただいたら、好きなものも嫌いになってしまいそうですね」

リュファスはこくりと頷いた。

「それに、わたしがあそこの菓子屋のケーキを買っていたという噂が出れば、皆がその店に殺到するだろう」

「王弟殿下御用達のお店なんて知られたら、そうなってしまうと思います」

「それは嫌なんだ。わたしは、静かに自分の趣味を楽しみたい。だから、噂が出るくらいなら金を払ってでも止めたい。君はきっと話さないと思うが、やはり金銭面での契約があったほうがわたしが安心できるんだ。わたしが君が借金を返済するまで雇う代わりに、君はわたしの秘密をいわない。それでどうだろうか」

（ああ、なんと言いますか……大変不憫(ふびん)な方ですね）

リュファスの自分本位な本音を聞いたシンシアだったが、思わずリュファスに同情してしまった。

金銭でのやり取りがないと不安だなんて、人間不信ではないだろうか。不憫極まりない。王弟という立場はとても面倒臭いのだな、としみじみする。

（ですが、今回の契約はかなりはっきりしていてわかりやすいですね）

シンシアにとっては大したことがない秘密でも、リュファスにとっては一大事。それを断るのは、リュファスを裏切ることと同じだ。

一通りの説明をし終えたリュファスは、口元を手で押さえた。

「それに、その、だな……」

「はい。ジルベール公爵閣下さえよければ、メイドとして雇っていただければと思います」

「いや、それは嬉しいのだが、それだけではなく」

「はい……？」

「………………先ほど、君とケーキに関する話をして。とても、楽しかったんだ」

かすれるような声で呟かれた言葉に、シンシアは驚く。

リュファスを凝視すれば、頬がほんのり赤くなっているのが見て取れた。

釣られて、シンシアの頬も赤くなる。

「え、あ、それ、は……」

「……下心ばかりで申し訳ないが、ケーキを食べながら、君ともっと話したいと思ったのだ。屋敷の人間にも、わたしが菓子が好きなことは言っていなくてね。だから、君をメイドとして雇えば、一緒に話せるのではないかと……婚約が一番手っ取り早いと思い、突飛なことを言ってしまった。混乱させたならすまない」

「な、なるほど。そういう理由が……」

リュファスの本音を聞いてようやく、シンシアは求婚された理由を悟る。

確かに、異性の貴族同士が会うにはそれ相応の口実が必要だ。幼馴染という立場ならいざ知らず、シンシアとリュファスは初対面。婚約という扱いをしておいたほうが、気軽に会えるだろう。

婚約をすれば、リュファスの秘密を守ると同時に今日のようなケーキ談話ができることになる。確かにそれは魅力的だ。代替え案のほうが、シンシアの心臓的によいのだが。

そこで、シンシアははたと気づく。

「それはつまり……私、ここで働かせてもらえるだけでなく、ケーキも食べさせていただけるのですかっ⁉」

「ああ。もちろんケーキ代に関しては別途で払う。……どうだ？　悪い条件ではないと思うのだが……」

悪い条件どころか、いい点が多すぎて困るくらいだ。

現在もらっている給料の三倍ももらえたら、五年かからず借金を返済することもできる。そうすればギリギリだが、嫁き遅れになる前に見合いをすることができそうだ。

シンシアは二つ返事で了承する。

「閣下さえよければ、ぜひこのお屋敷で働かせてください」

「ああ、わかった。今の仕事を辞める目処が立った頃に、また連絡してほしい」

言葉とともに渡されたのは、小さな小箱だ。許可を取って開いてみれば、そこに鎮座していたのはルビーがはめ込まれたピアスだった。

「これはもしかして、同じ石を使って作られたピアスを持っている人と連絡ができるという、魔導具でしょうか？」

「ああ、そうだ」

（こんな高価なものをぽんっと渡されるとは思ってもみませんでした……）

なくしてしまいそうなほど小さな魔導具を両手で抱えながら、シンシアは震える。

ビクビクしていたシンシアに、リュファスはさらにもう一つものを渡した。それは、無色透明の液体が入った小さな小瓶だ。

「こっちが魔力が溶け出した液体だから、指先に軽くつけてピアスの石に触れてくれ。そうすれば、魔力なしでも起動することができる」

「あ、ありがとうございます……大事に使わせていただきます」

シンシアに魔力がないことを、どうやらリュファスに見破られていたらしい。優れた魔術師なら魔力を感知できるとのことなので、ある意味当たり前かもしれない。

ピアスの収まった小箱と液体が入った小瓶をありがたく受け取りながら、シンシアはぺこりと頭を下げる。

――それから一週間後。シンシアはジルベール公爵家の屋敷で、メイドとして働くことになった。

一章　新米メイド、自身の役割をきちんとこなす

髪型よし、服装よし。

姿見の中には、糊のきいた新品のメイド服を着て地味度を上げた少女がいた。

今日からこれが、シンシアの制服だ。

「……大丈夫そうですね」

自身の姿を確認したシンシアは、力強く頷いた。

シンシアが今いるのは、使用人専用に作られた屋敷の一室だ。

さすが公爵家の使用人部屋というべきか、シンシアが暮らしていた貸家よりも広い。使用人がこんなに大きな部屋に住んでいいものかと、不安になってしまったくらいだ。

ベッドやテーブルなどの家具も備えつけのものが既にあり、ものすごくありがたかった。

となりにはリュファスが過ごす本邸がある。これから、シンシアの職場はそこになる。

シンシアは、テーブルの上に置いてある装飾が施された木箱を撫でる。これは実家から持ってきた小物入れだ。中には、実家から送られてきた手紙が入っていた。

（職場がジルベール公爵邸に変わると連絡を入れたら、とても驚いていましたけど……でも向こうも向こうでよさそうな取引先と契約ができそうだと書いてありましたから、よかったです）

オルコット家の事業は、地道ながらも着実に成果を上げているようだ。

「お給料分の仕事ができるように、頑張りますね。お父様、お母様、お兄様」

心機一転頑張ろう。

そんな気持ちで家族に語りかけたシンシアは、自室を後にしたのだ。


シンシアが向かったのは、本邸にある使用人共同部屋だ。

そこは、食事やおしゃべりをするときに使われるのだという。ここで朝礼をし、仕事の割り振りをするのだとか。

昨日屋敷を案内してくれた人がそう教えてくれたのを、シンシアはちゃんと覚えていた。

キッチンには既に、四〇歳を過ぎたくらいの女性がいた。昨日、シンシアに屋敷の案内をしてくれた人である。

「おはようございます、メイド長」

「おはようございます、シンシア・オルコット」

彼女の名前はマチルダ・リース。この屋敷のメイドたちを取り仕切るメイド長だ。

マチルダは濃い金色をした髪をきっちりとまとめお団子にし、服は皺一つないくらいぴっちりしている。

眼鏡の奥で輝くエメラルドグリーンの瞳も吊り上がっているため、見るからに神経質そうだった。

女家庭教師と言われても違和感がない。彼女にフルネームで呼ばれると、背筋を伸ばさなければならない気がするから不思議だ。

マチルダは、手元の紙に何やら書き込んでいる。

「わたしの次にここに来るとは。早いですね、シンシア・オルコット。よい心がけです」

「はい。新人ですので早めに来て、ある程度のことは聞いておこうと思いまして」

「なるほど。伯爵令嬢と聞いて不安に思っておりましたが、そのようなことはなかったようですね。安心しました」

婉曲な表現をすることなく、マチルダはシンシアの第一印象を言い放つ。多分に毒を含む言い方だったが、シンシアは笑顔を返した。

「実家でも畑仕事など手伝っていますし、ある程度のことならできます。頑張らせていただきますので、これからよろしくお願いします」

マチルダが片眉を上げるのを眺めながら、シンシアは内心息を吐いた。

（やっぱり、貴族令嬢という立場を気にしますよね）

他の職場では貴族であることを言う必要はなかったが、ここはジルベール公爵家の屋敷だ。身分に関してはしっかり伝えてある。そのため、こんなことになるだろうなと予想はしていた。

シンシアとしては、自分は一般庶民とあまり変わらない生活をしていると思っている。が、爵位があるというだけで感じられ方が違うというのもわかっていた。

オルコット家は小麦の品種改良を領民たちにも手伝ってもらっているという理由から、一般的な税収より少し低く税金を設定している。品種改良には労力と時間がかかるからだ。父と兄は学者として給金をもらっているが、そのお金と集めた税金を合わせても領地と屋敷の維持でなくなってしまうのだ。

そのため、食料は領民から分けてもらっていた。

さらに言うなら使用人を雇っている余裕がないので、掃除洗濯家事炊事はシンシアと母親がやっていた。

そんな感じの貴族らしくない貴族なので、領民たちからは結構慕われている。

そんな慕われ方でいいのかと思わなくもないが、お陰様で小麦の品種改良が進んでいるのだからよいのだ。

オルコット家の――特にシンシアの父の望みは、用途に合わせた最高の小麦を作ることなのだから。

それを手助けするために出稼ぎに出て二年目になるシンシアは、新人に降りかかる災難というものに慣れている。

だから、マチルダの嫌味を気にしないようにした。代わりに背筋を伸ばしながら、にこにこと笑みを浮かべる。できる限り、「私には害意はありません」ということを伝えるべく、なるべく人のよい笑みを心掛けた。

シンシアのそんな態度を見て、マチルダの片眉がぴくりと震える。

（これは、怒っているの……です、か、ね……？）

わからない。初対面なのでなおのことわからない。

早く他の人来てー！　と心の中で悲鳴を上げながら、シンシアは借りてきた猫のようにおとなしくしていた。

そんな祈りが通じたのか、使用人共同部屋に人が続々と集まってきた。

全員が集まったのを確認したマチルダは、執事長と何やら話をしていた。

（これで全員なのですか。お屋敷の大きさにしては、少ないような気がします）

ジルベール公爵家の邸宅は、貴族たちが持っているタウンハウスの中でもかなり大きいほうだ。

これだけ大きいならば、使用人が一〇〇人以上いてもおかしくはない。しかし今集まっているのは、メイドと執事を合わせて五〇人程度だ。

仕事が終わるのでしょうか、とシンシアは不安になる。

「皆さん、これから仕事の割り振りをします。一度しか言いませんから、しっかり聞いてください」

そうこうしていると、マチルダが鋭く声を上げた。

シンシアは背筋を伸ばして指示を聞く準備をする。

――シンシアは、先輩メイドと一緒にシーツの洗濯をすることになった。

（ふおおお……）

シーツを両手いっぱいに抱えながら、シンシアは感心していた。

シンシアの視線の先には、ふわふわとひとりでに浮くシーツの姿がある。

シーツたちは意思を持っているかのように動くと、シーツかごの中へ自ら飛び込んでいった。

否。それは、魔術による操作だ。

魔術を使っていた先輩メイドのナンシーは、車輪がついたシーツかご――ランドリーワゴンを押しながらシンシアのほうに来た。

「こっちの部屋はおしまいっと。シンシア、あなたはどう？」

「は……は、はいっ。集まりました」

「そう、お疲れ様。あたしはシーツを掛け直すから、先に洗濯場に行っていてもらえる？」

「はい」

シンシアは手にしていたシーツをかごに入れてから、ランドリーワゴンを押し始めた。

（今のが魔術ですか……何度見てもすごいです）

この国で魔術を使える人は、そう多くない。それは、魔術というものが精霊たちからの加護によってもたらされるものだからだ。

だから魔力がたくさんあっても、精霊たちに好かれなければ魔術はまったく使えない。

そのあたりの条件は未だ解明されていないので、研究中らしいと祖父が嘆いているのを聞いたことがあった。

後ろをちらりと見れば、真っ白なシーツがくるくると踊っている。

ナンシーが何やら指示を出せば、シーツたちは一斉に部屋に飛び込んでいった。

なんとも言えず心躍る展開に、シンシアは頰を緩める。

（お祖父様が見たら、きっと喜ぶでしょうね）

魔術が大好きだった祖父のことだ。年甲斐もなく子どものようにはしゃいで、そして体を痛めるに違いない。

ふふと笑いながら、シンシアは庭先にある洗濯場に向かう。

しかし、シンシアのやることはほとんどなかった。ナンシーが魔術を使って、シーツをまとめて洗ってしまったからだ。

干すのだって魔術でやってしまうのだから、シンシアはもはや立ち尽くすしかない。

ぽかん、とした顔をしたシンシアを見て、ナンシーは苦笑した。

「ここにいる使用人は皆魔術が使えるから、いちいち手を使ってやることはないの。時間短縮にもなるし、体の負担も少ないからね。あたしは風魔術を得意としてる、二級魔術師なんだ」

「そうなんですね……私は魔術が使えないので、初めて知りました」

「まぁ、このタウンハウスは例外だから。あたしたちもともと城勤めなんだ。リュファス様が臣下に下るっていうから、連れてこられたのよ。ついてきたとも言えるけど」

城勤め、という言葉を聞き、シンシアはピンっときた。

「魔術を使える人は、お城で働きながら魔術を学ぶんですよねっ」

「そうよ。シンシア、知ってたんだ？」

「はい。祖父が魔術に憧れていたので、よく話を聞いてました」

小さい頃は家の事情を知らなかったため、シンシアはよく祖父の部屋に忍び込み話を聞いていた。他の家族のことは煙たがる祖父だったが、シンシアだけには優しかったのだ。

そのとき聞いた楽しい話は、今もシンシアの記憶にくっきり残っている。

魔術を使える人たちは城に集められ、魔術を学ぶという。

そのほうが効率がいいから、ということらしい。

学び舎を作るほど魔術を使える人がいないというのも、城に集めている理由の一つだとか。

人間たちが使える魔術は、精霊たちの種族や階級によって変わる。

精霊には火、風、水、土、光、闇があり、光と闇の精霊は希少だと言われていた。

階級は、一級が力の強い精霊で、五級が弱い精霊だ。それと同じ階級が魔術師にもつく。

途中でリタイアすることなく最後まで魔術を習得した者が、魔術師と呼ばれるようになる……というのが、シンシアが祖父経由で聞いたことだった。

（そんな人たちと一緒に過ごせるなんて……私、幸せ者でしょうかっ？　天国にいるお祖父様に嫉妬されてしまいます……）

シンシアがキラキラした眼差しでナンシーを見ると、彼女は少し引きながらも苦笑した。

「そんなにいいものじゃないのよ、これ。半端者だと特に微妙。身分が貴族だとなおのこと微妙ね。縁談が来なくなるから」

「え、そうなんですか？　引く手数多（あまた）なのかと思っていました」

「逆なのよ」

ナンシーがやれやれという様子で首を横に振った。

「男性が魔術師になるなら箔（はく）がつくんだけど、女は違うの。魔術が使えるってことは一定の勉学をおさめたってことだから自然と賢くなる。そうなると、扱いづらいんですって。自分のほうは魔術を持っていないから、劣等感を抱く人もいるらしいわよ。シンシアは貴族だから、なんとなくわかるでしょう？」

「はい、なんとなくは」

シンシアはそこまで社交の場に出てはいないが、貴族令嬢の立場というものはわかっている。シンシアの母親から痛いくらい聞いてきたからだ。

（お母様は異国に留学してまで勉学を学びに行ったけれど、そのせいで見合い話が全然来なくなったって言ってました。お父様は学者なのでむしろそこに惹かれましたけど、お父

様は変人ですからね……一緒にしたら、常識がおかしくなります）

　最近になってようやく、貴族令嬢たちも学校に通えるようになってきたが、今でもそれに反発する人は多いという。それを改善しようと動いてくれているのが、前代と今代の国王だった。

　おそらく城を魔術の学び舎にしたのも、そういう理由からだろうとシンシアは推測した。

　うんうんと頷きながら歩いていたとき、シンシアはあることに気づく。

「……あれ。もしかしなくともナンシーさん……貴族ですか？」

「あら、そうよ。あたしはマロウ子爵家の次女。今年でこれでも二〇歳なのよ。伯爵家ほど立派じゃないから、シンシアと比べちゃいけないかもしれないけどね」

「いやいや……なんとなく察していると思うので白状しますが、私は出稼ぎに来てる身ですので……」

「あら……あたしも、実家に一応仕送りしてるわ。食費とかよりも維持費のほうがかかるのよね、貴族って。体裁を妙に気にしなきゃいけないし」

「本当にその通りで……」

　貴族は働かないことが美徳とされている世の中だが、オルコット家のように事業に手を出している貴族も最近増えてきていた。国に税金が払えず、領地を返上する貴族も少なくない。

　オルコット家も、領地運営が厳しいからという理由で貧乏な貴族だ。しかし他の貴族と違っているのは、体裁よりも品種改良に力を注ぎすぎたせいだ。

（領地の一部を返上する案は一度出ましたけど、全員一致で否決されましたからね……小麦の品種改良したいのに、小麦を植える領地返上してどうするんだって理由で）

改めて思い返してみたら、やっぱり変な家だった。

一般的な貴族の家系だとは口が裂けても言えないので、今は脇に置いておくことにする。

「……最近の貴族は、どこも世知辛いわね」

「本当に……」

ナンシーは何かを思い出したのか、ぼんやりと虚空を見つめながらしみじみ呟いた。シンシアも遠い目をしつつこくこく頷く。

同時に、ナンシーが貴族だったという事実に妙に納得してしまった。

（ナンシーさん、私より綺麗ですもんね）

ナンシー・マロウという女性は、シンシアの目から見ても魅力的だった。

きっちりまとめられた赤みを帯びたブラウンの髪はつややかで、瞳はぱっちりとした緑色、肌の色も白く、メイド服など着ていなければ使用人になど見えない。

（それにしてもまさか、私と似たような境遇の方がいらっしゃるとは……うん？　ではなぜ、私はメイド長に嫌味を言われたのですか……？）

貴族令嬢であることをものすごく煙たがられたのだが、あれはなんだったのだろうか。

混乱した気持ちが、顔に出ていたのだろう。ナンシーがくすくすと笑った。

「もしかして、メイド長のこと？」

「はい。朝、貴族令嬢であることを理由に非難されたのですが……」

「あれ、メイド長も貴族なんだけどな……」

「え」

「でもあの人、リュファス様が幼い頃から、リュファス様の侍女していたのよ。だから過保護なのよね。リュファス様のことになるとさらに過保護」

「……もしかして私、旦那様に寄ってきた虫みたいな認識を受けてます？」

「多分」

（な、なるほど……納得しました）

妙に敵対心を向けられていたのは、シンシアが下心を持って入ってきたと思われていたかららしい。

（一般的な貴族令嬢なら、メイドとして入らずに見合いを申し込むと思います……）

それが一番の近道だし、正攻法だ。メイドとしてアプローチをするなど、お金がある貴族令嬢がする行為ではない。

それにシンシアは、リュファスからのわけありな求婚を突っぱねたのだ。それだけはないと断言したい。

かごを持って二階の洗濯物を集める道中、ナンシーはこの家の事情を軽く説明してくれた。

この屋敷で働いているのは、だいたいみんな中級魔術くらいが扱える。そのため、使用人の数が少なくても仕事が回るということ。

使用人の中にはナンシーやマチルダのように貴族もおり、シンシアは決して珍しくないということ。

そして、城の関係者以外の使用人が入れられたのは、シンシアが初めてだということだ。

「リュファス様、身分が身分だから、迂闊なことができないのよね……だからリュファス様が自ら入れられたのが女の子でびっくりしたわ。しかも貴族令嬢だし」

先ほどの会話で大分距離が縮まったのか、ナンシーがそんなことを言った。

さっぱりした物言いには嫌味などなく、シンシアはなんだか安心する。

「私もびっくりしているのです。ですが他の方々が優秀となりますと……私、あまりお役に立てなさそうですね」

「そんなことないわよ。リュファス様は王弟殿下だから、催し物を開かなきゃいけないことが多いの。だから、所作がちゃんとできている人はありがたいのよ。所作ってどうしても教育されてきたものが滲み出るからね……シンシアはよい人に教えてもらったのね」

「はい。母が教えてくれました」

シンシアは満面の笑みを浮かべ、大きく頷いた。大好きな母親を褒められるのは嬉しいのだ。

お金がないため使用人も教育係も雇えない家だったが、代わりに貴族令嬢に必要なものはすべて母に教わった。

それがこうして役に立っているのだから、馬鹿にならないものだ。

ナンシーは階段をのぼりながらくすくす笑う。

「シンシアは家族のこと、好きなのね」

「はい！　それに今オルコット家がやっている小麦の品種改良は、私の夢を叶える行為でもあるので」

「夢？　なぁに？」

シンシアはかごを抱えたまま、得意げに胸をそらした。

「ふっふっふ。オルコット家の領地で作られた小麦が王家御用達の菓子職人の手によって美味しいお菓子になって、そしてそれを私が食べる、ということです！」

えっへん！　という言葉が出そうなほど得意げに言ったら、ナンシーは虚を突かれたような顔をして。

「あは、あははっ！　やだ、シンシア、あなた面白いわ……っ！」

「……へっ？」

「かわいー！　お姉さん応援しちゃう！」

「わ、わわっ!?」

ナンシーにわしゃわしゃと頭を撫でられ、シンシアはびっくりする。

髪がぐしゃぐしゃになってしまったが、「ごめんごめん」と謝りながらナンシーが直してくれた。

まるで姉ができたみたいだと、シンシアは思う。それが、ちょっとだけ嬉しかった。

二階に着くと、シンシアは指示をもらい部屋のドアを次々に開けていった。

すべて開くと、ナンシーが呪文を唱えながらシーツを集め始める。その合間にもおしゃべりは続く。

「洗濯物、さっさと終わらせよう。リュファス様を見送らないといけないからね。シンシアはリュファス様の騎士服、見たことある？」

「いえ、残念なことにありません。私が顔見せ（デビュタント）の際にお会いした旦那様は王族として出ていましたので、普通の礼服だったのです……」

「そっかぁ。じゃあ、感動するかも」

「……感動、ですか？」

「そう」

ナンシーはしたり顔で言う。

「リュファス様、本当にかっこいいから」

＊

洗濯物を干し終えたシンシアとナンシーは、玄関にやってきていた。

そこには既に使用人たちがずらりと並んでいて、少しだけびっくりする。

玄関へと続く絨毯の両脇に、揃いの服を着た人たちが並んでいる光景は、なかなかに圧巻だった。

ナンシーに連れられそのうちの一人として並んでから少しして、かつりかつりと高い靴音が聞こえた。使用人たちが皆背筋を伸ばすのを見て、シンシアもそれを真似る。

玄関にやってきた人物を見て、シンシアは息を飲んだ。

それはリュファスだった。

着ているのは、魔術騎士が着る臙脂色の騎士服だ。

襟が首元まで詰まっているタイプの衣装で、金の縁飾りが付いている。ボタンや飾り緒、肩章などの装飾も金でまとめられていて、とても華やかだった。胸元には、盾の前に剣と杖を交差させた王国騎士団魔術小隊の徽章が煌めいている。

リュファスはその上に、目が醒めるような純白の外套をつけている。左肩だけにかかる特徴的な作りの外套だ。

リュファスの一点の曇りすらない白銀の髪と、ざくろのように熟れてつややかな瞳は、その制服と合わさりさらにすごみを増している。

（とても、きれい……）

なるほど。確かにナンシーの言う通り、本当にかっこいい。リュファスのためだけにあつらえられたような騎士服だった。

周囲に使用人たちがいることも気にせず、リュファスは絨毯の上を進む。

リュファスのことをじっと見つめていると、一瞬目が合った。

リュファスがほんの少しだけ目を見開き、しかしふ、と逸らす。

（……あれ？）

気のせいだろうか。わざと目を逸らされたような気がした。

（ですが一瞬でしたし……逆に見つめられていても、反応に困りますからね）

しかしつい先日意気投合したのが嘘のように、リュファスとシンシアの間には明確な溝があった。

主人とメイドという、確固たる違いだ。

距離感を抱きながら、シンシアは周囲にならい深々と頭を下げる。

『行ってらっしゃいませ』

使用人たちの声が重なり、玄関に響いた。

玄関のドアが閉まるまで腰を折っていた使用人たちは、フットマンがドアを閉めると同時に体勢を戻す。そしてみんなさっさと、自分の仕事に戻っていった。

二人も、みんなと同じように持ち場に戻る。

ナンシーはマチルダの視線を気にしつつも、コソコソと話しかけてきた。

「リュファス様、本当に綺麗でしょ？　あの白い外套はね、リュファス様が名付きの魔術騎士だからなのよ」

「……名付き、ですか？」

「そう。リュファス様のフルネーム、言ってごらん？」

「ええっと……リュファス・シン・ジルベール＝アヴァティア様、ですよね？」

「そう。一番最後についてるのは、最高位の魔術師だけがもらえる称号なの。リュファス様の場合、アヴァティアね。称号持ちの魔術師は、一番得意としてる魔術の色の外套がもらえるの。白は光属性。リュファス様は、光属性の魔術を使える数少ない人なのよ！」

　まあリュファス様は、全属性の魔術を扱える特別な人なんだけどね。

　ナンシーが最後に呟いた言葉に、シンシアは驚いた。まさかすべての魔術を扱えるとは思っていなかったからだ。

（旦那様は、魔術師として本当に素晴らしい方だったのですね……）

　ナンシーはまるで我がことのように喜びながら、スキップをする。本当に旦那様のことが好きなんだなと思い、シンシアは口元を緩めた。

「さて。あたしたちも仕事に戻ろうか、シンシア」

「はい」

　リュファスの姿を思い出しながら、シンシアは踵（きびす）を返す。

　まだ少しだけ、胸が早く鳴っていた。

＊

王宮内・王国騎士団魔術小隊隊長執務室にて。

執務机で書類と向き合いながら。

リュファス・シン・ジルベール＝アヴァティアは、密かに頭を悩ませていた。

彼の悩みの種は、シンシア・オルコットという貴族令嬢のことだ。

そして悩みの内容は、彼女をメイドとして雇ったことだった。

しかし、それはシンシアに対してではない。シンシアに対して突拍子もないこと――初対面にもかかわらず声をかけ、挙句メイドにならないか？　と提案する、王弟としてよろしくない行動を彼女に対して取ってしまった、という点に、リュファスは頭を抱えていたのだ。

自慢ではないが、リュファスは昔から自分自身の行動に人一倍気を使って、人生を送ってきた。それは第二王子という立場だというのに、兄よりも強い魔術を持って生まれてきてしまったからだ。

そのため早々に臣下に下り、公爵となってからも極力目立たないように気を配って生きてきたのだが。

今回、それを破ってしまった。――しかも、完全なる私情で。

そのことに呆れ果て、思わず頭を抱えていると、声をかけられる。

「……隊長、どうされましたか？」

「っ、エリックか……」

「はい。申し訳ありません、お声がけしても応答がなかったので、入室させていただきました」

「そうか……いや、なんでもない。気にするな」

声をかけてきたのは、自身の部下であり魔術小隊副隊長である、エリック・バーティスだった。

歳は二三歳とまだ若い上に、ミルクティー色の髪と丸い碧眼、童顔とあって初対面の相手には舐められがちだが、実力は折り紙付きだ。それもありリュファスは彼を高く評価している。

そんなエリックがノックもなく入室することはないので、どうやらリュファスの意識が完全に遠くへ行っていたらしい。

こんなことではいけない、とリュファスが気を引き締めようと深呼吸したそのとき、エリックが口を開いた。

「そういえば隊長、珍しく使用人を雇われたのですね」

その言葉に、リュファスはむせかけた。

なんとかすんでのところでこらえ、息を吐き出したが、嫌な汗が滲んできた。

しかしエリックの顔色を窺う限り、こちらの反応を見るというよりも本当に世間話的な感覚で口にしたらしい。

「朝方、お迎えに上がった際に見慣れない使用人がいたので、聞いてみたのですよ。そしたら、隊長自らお入れになったとかで。優秀な方なのですか?」

そう問われ、リュファスは反応に困ってしまった。というのも、リュファスはシンシアの仕事ぶりを知らないからだ。

発言や所作などから見て、文句のつけどころがない部分は知っているが、だからといって仕事ができるのかどうかに関してはわからない。

かといってここでリュファスが「わからない」と答えれば、エリックは「ならばどうしてリュファスが直接雇い入れたのだろう?」と考えるだろう。そしていらない詮索をしてくるかもしれない。

同時に、それを考えているのがリュファスだけでなく他の使用人たちも同様だという点に気づき、リュファスは衝撃を受けた。

自身の突拍子もない思いつきが、シンシアに多大なる迷惑をかけている。

何より、ジルベール邸にいる使用人たちは皆、大なり小なりリュファスのことを慕ってくれている。それもあり、シンシアを訝(いぶか)しんだり、色眼鏡(めがね)で見たりするかもしれない、という考えに至ってしまった。

……やはり、感情に任せて行動するべきではないな。

そう内心自嘲しつつ、リュファスは無表情を心掛けながらエリックを見る。

「詮索は結構。仕事をするぞ」

「あ……申し訳ありません」

「それと」

「はい」

「そのことは、他人に言いふらすな。でないとどうなるか……わかっているな」

「……はい、隊長」

エリックが少し沈んだ様子で、しかしいつも通り報告書の整理や今日の日程などを言っていくのを見ながら、リュファスは静かに息を吐く。

シンシアを入れてしまったことは、彼女のためにも間違いだった。

しかしそれを今更言っても仕方がない。ならリュファスは、そんなシンシアが少しでも過ごしやすくできるよう、根回しをするべきだ。

その上でできることは、三つ。

第一に、外部に漏れるのを極力遅らせること。

ジルベール邸にいるというだけで注目を集めてしまうため、いずれシンシアがメイドをしているという情報がばれるのは必然だが、彼女が慣れるまで時間を稼ぐことはできる。

第二に、屋敷内で特別扱いしないこと。

これは、周りからの反発を避けるためである。もしリュファスが過度にシンシアへ干渉すれば、それだけで特別扱いしていることになるからだ。

なぜ確信を持って言えるかというと、リュファスが王宮にいた頃に似たようなことをして、一人のメイドを孤立させてしまったことがあったからだ。

しかもこの件の闇が深いのは、そのメイドが敢(あ)えて孤立する状況を作り出し、リュファスからの同情を買って取り入ろうとした点なのだが、シンシアの場合婚約そのものを拒否した立場なのでそれはないから、置いておくことにする。

どちらにせよリュファスとしては、あのような失態は二度と犯したくない。他人が自分のせいで傷つくのは、いつだってこたえるのだ。

それがケーキに関しての同好の士であるシンシアなら、なおさらである。

……あの日ほど、心安らかに過ごせた日は、なかったからな。

と言ったが、ジルベール邸の使用人たちはそこまで過激な行動に出ないと信じてはいるし、彼らが理性的なことはわかっている。なのでシンシアが実力を示せるだけの時間を作れれば、必然的にわかってくれるのではないかと思っているのだ。

そして第三。これが重要である。

それは——契約通り、ケーキを共に食べる時間を確保すること。

しかも、絶対に二人きりになれるように気を配らなければならない。

ケーキはシンシアにとってのご褒美であるため、この時間だけは外せない。

しかしこのことがばれれば確実に、妬みの種になる。なのでどんな魔術を使ってでも、最善を尽くさねばならない。

それに、このときのシンシアの様子を見て、今後の対応を考えることも必須だ。

そのためにはまず、目の前の仕事の山を片付けねばならない。

そう決意し、リュファスは今まで以上のスピードで書類の山を消化していく。

それを見たエリックが「隊長、いつになく鬼気迫るご様子ですね……先ほども僕の世間話を一刀両断してきましたし。お仕事にかける情熱が段違いです。さすがです……！」といった具合に斜め上の解釈をして羨望の眼差しを向けていたのだが、当のリュファスがそれを知ることはなく。

またこれから先も、知られることはないことだった。

＊

シンシアがメイドとして働き始めてから、五日が経った。その日も、ナンシーと一緒に洗濯をする日々だ。

変わったところといえば、ナンシーが新しいシーツを掛け直している間に、シンシアが汚れがひどいものを選別するところだろうか。

しかしこれにより、干している際に気づいて洗い直すなんていう手間がなくなった。

レモンと、ケーキを膨らませるために必要なふくらし粉を混ぜたものを汚れた箇所につければ、一緒に洗っても汚れが落ちるのだ。

初めてそれをやってみせたとき、ナンシーがとても感激していたことを覚えている。

ナンシーからの信用も得て、他の使用人たちとも仲よくなっていた。

魔術でなんでもやる彼らは細かなところに気づきにくいようで、シンシアが改善案をいくつか出したのがきっかけだ。

たとえば、窓掃除のときなどは、一度水拭きした後乾拭きをするとピカピカになることを教え、本当に大事な行事の前は乾拭きの代わりに新聞紙で拭くといいと教えた。シンシアが知っていた知識は使用人たちに好評で、距離が近くなったのもそれからだ。

シンシアも、使用人たちに色々と教わったし、一緒に経験した。

執事長とメイド長が絶対に来ない、使用人たちがよく使うサボり場を案内してもらったり、裏門を使わないで外に出る抜け道を教えてもらったりもした。

夜こっそり窓から出て、屋根にのぼり星を眺めたこともある。体が宙に浮かぶという経験をしたのは、そのときが初めてだった。

マチルダは未だにシンシアを快く思っていないようだったが、シンシアはそれ以上に楽しかった。毎日がとても刺激的で、キラキラしていたのだ。

持ち前の適応能力を駆使し、シンシアはジルベール家に馴染み始めていた。


――変化が起きたのは、リュファスの休日の前日だ。

朝普段通り玄関に並んでいたシンシアは、リュファスが立ち止まりメイド長と執事長に指示を出すのを聞いた。

「マチルダ、ロラン。正餐会の日付が決まった。来月だ。今回も準備、よろしく頼む」

「承りました、リュファス様」

リュファスは言いたいことを言い終えると、再び靴音を鳴らしながら進む。

『行ってらっしゃいませ』

使用人たちの声が重なり、玄関に響いた。

玄関のドアが閉まるまで腰を折っていた使用人たちは、フットマンがドアを閉めると同時に体勢を戻す。そしてざわざわと話を始めた。

普段ならすぐ仕事に戻るのにそれがないということは、何かがおかしいのだとシンシアは悟る。

「うわぁーそっかー。もうそんな時期かぁ……」

それに交じって、ナンシーも嫌そうに顔を歪める。声音からしても、歓迎していないということがよくわかった。しかしシンシアにはいまいちぴんとこない。

「そんな時期とは、どういう意味でしょうか、ナンシーさん」

「ああ、正餐会よ。他の貴族たちをディナーに招待する会、って言ったらわかりやすいかな。リュファス様も開くのは嫌でしょうけど、あたしたち使用人にとってもやってほしくない行事なのよね、正餐会って……」

両腕をさすりながらぶるるっと震えるナンシーを見て、シンシアは不安になった。

「そ、そんなに大変なのですか……？」

「大変というか……ものすごく胃が痛くなるわ」

「……胃？　それは、その、ストレスからくるものでしょうか？　それとも、食べすぎとかそういう……？」

「ストレスのほう。あーもうほんと、この会のときだけは裏方に徹していたい……」

ナンシーが「お願いします神様！　どうか、給仕役にだけは選ばれませんように……！」と手を合わせて神頼みをするくらいなのだから、相当なものだろう。正餐会がどんなものかわからないシンシアでも震えたくなる。

すると、マチルダがパンパンッ！　と手を叩いた。

「皆さん、静かに！　正餐会の給仕役は既に決めてあります！」

一つ、間が空く。

ナンシーがごくりと喉を鳴らすのを聞き、シンシアの緊張も最高潮になった。

マチルダの口元が妙にゆっくり動いて見える。

「メイドからは、わたし、ナンシー、レイチェル、そしてシンシア！　以上の四名！　今呼んだ者には仕事の後に個人レッスンをしますから、昼食後使用人屋敷のホールに来なさい！」

（……どうやら、神様はいらっしゃらなかったようです）

ナンシーががっくりとうなだれているのを見ながら、シンシアはそう思ったのだった。

＊

正餐会というのは、貴族が自身の屋敷で招待客を呼んで行うディナーのことだとか。

主催はその屋敷の主人で、男女の人数がちょうど同じになるように招待客を選ばなければいけないらしい。

正餐会に呼ばれるということはとても栄誉あることで、相手が自分を同列に見てくれているということになるという。

詳しい説明を受け、シンシアは同じ貴族でもこうも違うものなのかと斜め上の方向に納得した。

それはさておき。

そんな会を、ジルベール公爵邸の使用人たちがなぜここまで恐れるのか。

それは、リュファスの立場にあった。

「リュファス様は王弟というお立場でしょう？　しかも、国王陛下よりも使える魔術が多いの。全魔術が使えるから、魔術師からは神様みたいな扱いを受けてて……だからね、面倒臭いやつら……つまり独占派って呼ばれる面々に、再三絡まれてるわけ」

「なんと」

「となると、推進派としても黙ってはいられない。リュファス様を自分たちの派閥に引き入れようとしている。そしてそのとばっちりが、あたしたち使用人にまで来てるっていうのが真相ね」

「な、なるほど……恐ろしいですね」

「まったく、リュファス様にはその気がないんだから、黙って引っ込んでればよいのに」

ナンシーがかなり辛辣な言い方をしているのを聞きながら、シンシアは苦笑した。

時刻は昼過ぎ。午前の仕事を終え昼食を取ったシンシアとナンシーは、メイド長マチルダの指示通り使用人屋敷のほうへ向かっていた。

仕事中、シンシアはナンシーから様々なことを聞いた。

現在、貴族には派閥が存在するらしい。

現国王の意思を尊重し、魔術そのものを民衆にも徐々に広めようとする『推進派』と、魔術を貴族の間だけで独占し、特別なものとして扱う『独占派』、そしてそのどちらにも属さない『中立派』だ。

オルコット家はそんな論争があることさえ知らないので中立派と言ってよいのかわからないが、一応は中立派だろう。リュファスも中立派なんだとか。

独占派の貴族たちは、魔術師としても騎士としても優秀なリュファスをどうにかして引き入れたいらしい。

王弟という地位も、彼らにとっては魅力的なんだろうとナンシーは吐き捨てるように言っていた。

「だから今回の正餐会は、リュファス様が『自分はどちらの派閥にも入っていませんよ』ということを伝えるために開く意味もあるのよ。そのせいで、推進派、独占派、中立派の人間がバランスよく呼ばれるのだけど……さいっこうにピリピリするのよね、これが……」

「聞いているだけで、私も胃が痛くなってきました……」

「そうなのよ……。そんなところで給仕なんてするんだから、もうね、一瞬たりとも気が抜けないのよ……あたしたちのほうを懐柔して、リュファス様に近づこうとする貴族もいるし。だから毎回貴族階級の人が、給仕役に選ばれるの……そういう腹の探り合いに慣れてるから……」

それを聞いたシンシアはびくりと肩を震わせる。

「ひえ……私、社交界には慣れてませんよ……？　慣れてるのは、酔っ払いとか手を出そうとしてくる男の人への対処法くらいですよ……」

「逆になぜそっちはできるの」

「酒場で働いていたことがあるので、女将（おかみ）さんから教わりました」

「……なるほど。理解したわ」

どちらにせよ、地獄のような空間だ。

それを毎年一回は開いているというのだから、リュファスの努力に涙が出そうになる。

（そりゃあ美味しいお菓子に逃げたくもなりますよ……ささやかな現実逃避ですよ……）

ケーキを買うことになっているのは明日だ。美味しいケーキを出しているところを見繕おう、とシンシアは決心したのだった。

が、それよりも先に苦行が待ち受けている。

ホールに足を踏み入れると、マチルダともう一人、メイドがいた。

淡い金色の髪にオレンジ色のたれ目をした、おっとりした美人だ。彼女がもう一人のメイド、レイチェルだろう。

仁王立ちをしたマチルダの存在感に圧倒され、シンシアは内心だらだらと汗をかいた。

（怖い、メイド長怖いです……！）

母親仕込みの社交辞令用の微笑みを浮かべているが、口元が引きつりそうだ。それでも意地と心の中に召喚した母からの激励で、なんとか状態を維持する。

マチルダは真顔でそんなシンシアを凝視した後、一度深く頷いた。

「姿勢、笑み、そして態度。さすが伯爵令嬢ですね、合格です」

「……もしかして私は、この五日間で試されていましたか？」

「ええ、そうですが、それがどうかしましたか？」

あっけらかんと言われれば、それ以上文句は言えまい。

ただ一つ、気になることはあった。

「その……私のような新入りが、そのように大切な行事に参加してもよろしいのでしょうか……？」

「リュファス様のためならば、新入りであろうと使えるのであれば使います。そしてあなたはそれに足るだけの品位と仕事ぶりを見せました。それがすべてです」

（褒め……褒められているのですよね……？）

褒めそうにないマチルダにあまりにもストレートに褒められたためか、シンシアの頭が混乱する。

それはともかく、メイド長は本当に旦那様のことが大切なんだなぁ、とシンシアはしみじみと思う。

そんなふうに気を抜いていたのがいけなかったのだろうか。マチルダはシンシアに分厚い冊子を渡してきた。ナンシーとレイチェルにも同じものが渡される。

辞典と同じくらいの厚みの冊子を見つめながら、シンシアは微笑んだ。困ったときほど笑みが深くなるのが、シンシアの癖だった。

「メイド長、これは」

「招待客の個人情報と、もしものときの対処法などをまとめた冊子です。一か月後にある正餐会までに、必ず覚えること」

さあ。レッスン、始めましょうか？

マチルダの鬼気迫る形相を眺めながら、シンシアは思う。

（私たち、生きられるのでしょうか……）

――その予想に違わず。

シンシアたちは時間の許す限り、マチルダにこってり絞られたのだった。

「あ、足が、痛くて、死にそうです……」

「メイド長、張り切りすぎ……」

「後半から、ただの憂さ晴らしじゃなかったかな、あれ……」

シンシア、ナンシー、レイチェルの順で今日の特訓の感想を言う。その周りにはもわもわとした湯気が立ちのぼっていた。

時刻は午後九時。三人は揃って大浴場の湯に浸かっていた。

マチルダの特訓という名の再教育の時間が長引いてしまったため、他の使用人たちは夕食も入浴も終えてしまっている。そのため、三人はゆっくりと湯に浸かっているのだった。

（それにしても……メイド長の教育的指導、恐ろしかったです……）

そのときの光景を思い出し、シンシアは震えた。ぶるりと、湯船に浸かっているのに寒気がしてくる。

シンシアは腕をさすりながら、肩まで浸かれるようお湯の中に沈んだ。

正直、母親からダンスや所作、テーブルマナーなどを教わったときよりも厳しかったかもしれない。

同じ体勢をずっとキープし続けたせいか、体中が痛かった。もらった冊子を開く元気すらない。

　あのしごきの後にあの辞書のような冊子を覚えないといけないのか、と慄然としているとナンシーが大きく伸びをした。

「毎日入浴できるって、ほんと幸せ……」

「本当に幸せです。旦那様は本当に寛大ですね……」

　そう言い、シンシアはこくこく頷いた。

「ええ。使用人の身なりがみすぼらしかったら、主人が使用人を大切にしてないってことでしょ？　それは貴族的に恥じるべきことなんですって。リュファス様が綺麗好きなのもあるでしょうけど」

　ナンシーの言葉を聞いて、シンシアは伸ばしていた足をばたつかせる。

（お風呂に毎日入れるなんて、最高です……）

　領地にいた頃は、母親の意向もあり毎日代わる代わる湯を沸かしていたが、王都に来てからは公共浴場しかなかったので のびのび入れなかったのだ。

　それに比べ、ジルベール家の大浴場は男女分けられているし、三人で入ってものんびりできるくらい広い。こんな場所は他の貴族家系でもそうそうなかった。貴族によっては、使用人というものそのものを人目につかない場所に置こうとするからなおさらだ。

　一方のレイチェルは、ナンシーの発言に唇を尖（とが）らせた。

「もーナンシーはそんなこと言って。リュファス様がお優しいから、使用人に寛大なんでしょー？」

「そりゃあそうだけどね？」

「……『リュファス様以外の主人に仕えるのなんて嫌！』って話、嘘だったのかなぁ？」

「ちょっ、レイチェル！　そんな昔のこと掘り出さないでよ！」

「ナンシーが素直じゃないからでしょー！」

お湯をバシャバシャかけ合いながら言い合いを続ける二人を見て、シンシアはくすくす笑った。

「お二人は、仲がよいのですね」

瞬間、二人がぴたりと動きを止めた。そして揃って言う。

「……違うし。お城で侍女として働いていたからだし。ただの腐れ縁だし」

「そうそう。立場が貴族令嬢だから、自然と同じようなところに配属されてただけだよ。だから、仲がいいわけじゃないわ」

(息、ぴったりなんですけどね)

そこを指摘したらまた怒られそうだったので、黙っておく。

そのときふと、レイチェルと目が合った。

レイチェルは目を見開くと、照れたように笑う。

「えへへ、ごめんねシンシア。そういえば自己紹介してなかった。わたしはレイチェル・アンジーニ。アンジーニ子爵家の三女です。今年で一九歳なんだ」

「こちらこそ、失礼しました。シンシア・オルコットと言います。オルコット伯爵家の長女です。歳は一九、同い年ですね！　よろしくお願いします」

改めて自己紹介をすると、なんだか気恥ずかしい気持ちになった。

なんせレイチェルも美しい。ナンシーが凜とした美女だというなら、レイチェルはふわふわと柔らかい美人という感じだった。

オレンジのように丸い瞳はたれていて、笑うとよりふんわりする。体型も女性らしく豊満で、シンシアは自分の胸元を見つめた。

（……………差が激しいですね）

実家から届いた芋ばかり食べていたシンシアの体は、かなり細い。仕方ないことだが、なんだか複雑だ。

すると、ナンシーがシンシアのことを後ろから抱き締めてくる。

「ひえっ⁉」

「ねえ、シンシア……あなた、細すぎじゃない？」

「た、食べてないわけではないのですが……」

まさか、ケーキ代のために食費を切り詰めていました、とは言えない。

もごもごと言いよどんでいると、レイチェルも眉を吊り上げた。

「これは痩せすぎだね、ナンシー」

「……シンシア！　お風呂終わったら、あたしの部屋でお菓子食べるわよ！」

「え、ええ⁉　夕食はお腹いっぱい食べましたよ⁉」

「ダメ。それじゃあダメ。太らないと、見てるこっちが寂しくなるから」

「……本音は、共犯者が欲しいだけだけどねー」

「こらレイチェル！　バラさない！」

どうやらナンシーとレイチェルは、寝る前にお菓子を食べるという禁断の行動を共にする仲間が欲しいらしい。それを聞き、シンシアは楽しくなった。

（メイド長の教育は厳しくて大変ですけど……楽しい職場でよかったです）

屋敷に入るまでは不安しかなかったが、どうやら杞憂だったようだ。こんな職場なら、マチルダのしごきがあっても耐えられそうな気がする。

ナンシーに抱き締められながら、シンシアはふふっと笑った。

「私、このお屋敷で働けてよかったです。……ここでなら、夢を早く実現できそうですし」

「……夢？　前言ってたやつ？　自分のところで作った小麦を王家御用達の菓子職人に使ってもらって、それを食べるってやつ？」

「あ、それは一番大事な目標なので。私、欲張りなので、夢は何個かあるんです」

シンシアは、自分が夢見がちな女だということを自覚している。しかし現実を見ないということではないので、夢には優先順位を付けていた。

「まず、家を立て直すこと。家を立て直すことができたら、今より貴族令嬢らしい暮らしを送ること。それがどうにかできた頃には、きっと王家御用達の菓子職人に目を付けてもらえると思うので！」

夢は叶えるものだ。努力は、その夢を実現させるために必要な過程である。

シンシアは自身の強みを、どんなに絶望的な状況になっても諦めず前向きに夢を追い続けるところだと思っている。

今までいろいろな体験をしてきたため、ちょっとやそっとの困難じゃくじけない自信もついた。両親、特に父親譲りの長所を、彼女は意外と気に入っている。

（さすがに、家が没落したら落ち込みますけどね！）

そんなことを思っていると。

「……ああー！　ほんっとうに、もう！　シンシア可愛すぎるー!!」

「ぐえっ!?」

ものすごい勢いで抱きつぶされた。

カエルが押しつぶされたときに上げるような、変な声が出てしまう。

それだけでもつらいのに、レイチェルまで抱き着いてきたのはどういうことなのだろうか。

「ほんと、シンシアかーわいいー」

「うぐっ……ど、どこがですかっ！」

「いや、努力家で真面目で所作はどこに出しても恥ずかしくないくらいちゃんとしてるのに、目標が斜め上に設定されているところとか？」

「そうそう。可愛いわよね。あと、ふわふわ優しい雰囲気してるのに、やることはちゃんとやるし、細かいところによく気づくわよね。言い方も全然鼻につかないし、気づいたら場の空気に馴染んでるのよねえ……そういうの、すごく可愛いし面白いと思う」

「お、面白い⁉　なんかおかしくないですか、その評価！」

褒められているのか貶されているのか、まったくわからない。なのにナンシーとレイチェルは、楽しそうに笑っているのだ。

わけがわからず、シンシアはむくれた。だがすぐに、二人につられて笑い始める。風呂場には、女性三人の楽しげな声が響いていた。

——それからシンシアは、ナンシーの部屋に招かれお茶をすることになる。

お風呂上がりに食べたクッキーは、甘くて優しい味がした。

二章　新米メイド、大事なお役目を任される

つらくて苦しい特訓を終えた後にはご褒美が待っていると、相場で決まっている。

そんなわけでシンシアは契約時の約束通り、ケーキを買いに行くことになっていた。

（えへへ、旦那様命令ということで、お休みをいただいてしまいました。それを伝えてきたメイド長の顔がかなり怖かったですけど、ケーキの代償ですからね、これくらいは当然です！）

どうやらシンシアには、リュファスの休日と同じタイミングで休みが入れられているらしい。

マチルダの「明日から、みっちり教育しますからね」という言葉を思い出し震えたが、自分には美味しいご褒美があるということを思い出し拳を握り締めた。

（どこのケーキがいいでしょうか。せっかくですし、二店舗くらい回ってケーキの食べ比べなんかしたいのですが、旦那様は喜んでくれるでしょうか？）

リュファスのことだからきっと喜んでくれるだろう。あの日のような笑顔が見られたら、シンシアもまた頑張れるような気がするのだ。

正餐会に向けた教育という名のしごきにだって、耐えられるはずだ。おそらく。

ここ二年の間で何十軒もケーキ屋を巡ってきたシンシアは、それらの記録をしっかりと

ノートにまとめている。イラスト付きだから思い出しやすいのだ。我ながらしっかりしたノートを作ったものだと思う。

出かける前にノートとにらめっこしたシンシアは、自分のお気に入りの店舗を見繕った後ノートを勢いよく閉じた。パンッ！　という音は、気合いを入れるためのものだ。

（今回買うものは旦那様のケーキと、ナンシーさん、レイチェルさんと一緒に食べるお菓子！　旦那様をお待たせしないためにも、早く終わらせないと！）

財布をしっかりと握り締め、シンシアは戦士のような気持ちで町へ繰り出したのだった。


コンコンコンコン、ノックは四回。それが、入室の際のマナーだ。

「旦那様、シンシアです。入ってもよろしいでしょうか？」

『……いいぞ』

許可をもらえたので、シンシアはドアノブをひねる。

私室にいても、リュファスは執務机に向かい何か書き物をしていた。

休日なのに書類整理だろうか。大変だな、とシンシアは思う。

「あの、お邪魔でしたら時間をずらしますが……」

「……いや、いい。もう少しで終わるから、そこの長椅子にでもかけていてくれ」

「はい」

こちらを一度も確認せず机に向かうリュファスの邪魔にならないよう細心の注意を払い、シンシアは大きなバスケットを長椅子に置いた。

手にしていたポットはテーブルに置く。中にはお湯が入っている。さすがにこればかりは、バスケットに入れられなかった。

バスケットの中には皿やケーキの箱が入っている。なぜそんなふうにしたのかというと、他の使用人の目を避けるためだ。リュファスのケーキ好きは使用人たちにも秘密にしているようだったので、最大限配慮した。

(旦那様がすぐに食べられるよう、準備しておきましょう)

バスケットから皿やケーキの入った箱を取り出し、並べる。そして、もともとテーブルに置いてあったポットに茶葉を入れてお湯を注いだ。

(以前ケーキを食べたときもポットがありましたし、ここに置いてあるものなのでしょうか。とてもいい品です。紅茶も有名店の茶葉ですし、さすがジルベール公爵閣下ですっ。せっかくのケーキですからね。美味しい紅茶かコーヒーがないと、やっぱりつまらないです)

前回もリュファスは紅茶を飲んでいたので、おそらく紅茶が好きなんだろう。そんなところもシンシアと同じなので、なおのこと共感する。

るんるんと体を揺らしながら準備を整えると、カタンと音がした。リュファスが立ち上がったようだ。

「……オルコット嬢。君はどうして、休日なのにメイド服を着ているんだ」

「……へ？」

カップに紅茶を注いでいたシンシアは、固まった。そして一度自分の姿を見る。

「いえ、その。旦那様にお会いするなら、この格好のほうがよいのかと思いまして」

タウンハウスに戻ってから慌てて着替えたのだが、何かおかしかったでしょうか？　とシンシアは思う。

リュファスはしばし憮然（ぶぜん）としていたが、諦めたように歩き、シンシアが座る長椅子の向かい側に座った。

「休日なのだから、わたしに気を使う必要なんてない」

「は、はい」

シンシアは、リュファスに言われたことを頭の中のメモ帳に書き込んだ。

そこで、不自然な沈黙が落ちる。

（……旦那様の様子、やっぱりおかしい……でしょうか……？）

初めて会ったときよりもよそよそしい態度が、リュファスからは感じられた。というか、なんだかピリピリとひりついているような、そんな雰囲気がある。

勝手に同志だと思っていたのだが、違ったのだろうか。内心しょんぼりする。

それでもケーキに関しては、契約内容に含まれている。つまり半ば仕事のうち、というわけだ。

そのため無表情なリュファスの様子をちらちらと窺いながら、シンシアは買ってきたケーキの説明を始めた。

「えっと……今日は『パティスリー・ラパン』と『パティスリー・コレラッタ』のいちごのショートケーキとチョコレートケーキを買ってきました……せっかくですし、食べ比べなんかをしたいなーと、思いまして……」

「……ああ」

（うぐ……心の距離が開いた気が……）

ピリピリした空気に耐えかね、シンシアはフォークで『パティスリー・ラパン』のほうのショートケーキをすくう。それをリュファスの口元に突きつけた。

「旦那様！　どうぞ、お召し上がりください！」

「……あ、ああ」

シンシアの圧に押されたのか、リュファスが躊躇（ためら）いがちに口を開く。

シンシアはえいっと、リュファスの口にフォークを押し込んだ。

フォークを引き抜き、もぐもぐと口を動かすリュファスを確認しながら、今度は『パティスリー・コレラッタ』のほうのショートケーキをすくう。リュファスが食べ終わったのを見届けてから、続けざまにケーキを放り込んだ。

リュファスのざくろのような瞳が、大きく見開かれていく。

「……これ、は」

「ふふふ。同じいちごのショートケーキなのに、全然違いますでしょう？」

「……ああ。ラパンのほうは、生地が軽いな……そしてコレラッタのほうは、生地がもっちりしている。……生クリームだけじゃなく、カスタードクリームも挟まっているな」

「さすが旦那様です、一口だけなのに特徴を言い当てるなんて。実を言いますとこの二つのお店、オルコット領ランディスで栽培した小麦を使っているのですよ」

「……この、特徴の違う小麦をか？」

「はい」

シンシアはこくりと頷いた。

父親が学生時代から植物に関心があり、そのため学者という地位を手に入れたのだ。

森が多く植物が育ちやすい環境ということもあり、ランディスには研究所があった。

そこに飛び込んだ次期領主を、研究員たちははじめこそ警戒していたが、次第に同類だということを悟り意気投合したとかなんとか。

その父親が入ってから研究所が中心になって研究していたのが、小麦だったのだ。

「ランディスでは、様々な小麦を栽培しています。父の熱意があってこその結果なのですが、小麦が違うだけでここまで食感が変わるなんて、面白いと思いませんか？」

「確かに面白いな」

「そう言っていただけて嬉しいです。旦那様には、ケーキには色々な楽しみ方があることを知ってもらいたかったのです。美味しさにも、色々あるんですよっ」

そう言うと、リュファスの表情がようやく和らいだ。以前と同じ柔らかい空気を感じられる。

それが嬉しくて、シンシアはくるくるとフォークを回した。

「オルコット嬢は、色々なことを考えているんだな」

「領地経営にも繋がる大切なことなので、王都のケーキを食べて気づいたことがあったら、実家に情報を送るようにしています」

「なるほど。家族思いだな」

「旦那様だって家族思いではありませんか」

国王陛下――つまり自身の兄の治世の邪魔をしないために、できる限り早く公爵に下るよう努力していたとみんな言っていた。兄弟仲もよかったそうだ。

するとリュファスの眉に皺が寄った。

「……オルコット嬢。旦那様という呼び方はやめてくれ。他の使用人たちも名前で呼んでいるのだから、名前でよいぞ」

「え……それを言うのであれば旦那様こそ、オルコット嬢と呼ぶのではなくシンシアとお呼びください。ここにいる間は私、伯爵令嬢ではありませんよ?」

「…………そう、だな。シンシア」

「はい、リュファス様」

何やら間が多かったが、気のせいだろう。

しかし名前で呼ぶようになったからか。リュファスの態度がぐっと柔らかくなった。

二人してケーキを食べ比べながら、ケーキに関することを話す。その時間が楽しくて、自然と笑みがこぼれた。

すると、リュファスが少し逡巡（しゅんじゅん）してから、こちらの様子を窺うように言う。

「ところでシンシア」

「はい、なんでしょうか？」

「正餐会の給仕役に選んだとマチルダから聞いたが……仕事で、何か不自由はしていないか？」

そう問われ、シンシアは思わずきょとんと目を丸くしてしまった。

少し考え、首を横に振る。

「いえ。皆さんよくしてくださいますし……メイド長は確かに厳しい方ですが、意味もなく叱る方ではありませんから」

「そうか……」

「はい。まあ最初は、好奇の目で見られましたけれどね」

これればかりは仕方ないだろうと、シンシアは納得していた。なんせリュファスが直々に雇ったとあれば、それは気になるだろう。シンシア以外に外部から入った使用人はいないようだし、余計だ。

そう言い、まったく気にしていないという感じに笑みを浮かべて肩をすくめる。

しかしそれを見たリュファスは、どことなく申し訳なさそうな顔をした。

（え？）

「……わたしの軽率な行動で、君に不自由を強いてしまったようだ」

「えっと、あの、」

「すまない」

唐突に謝罪され、シンシアは慌てる。

「あ、謝らないでください！　感謝こそせど、リュファス様が謝罪をなさるようなことは何もありませんから！」

「だ、だが、わたしの提案のせいで……」

「提案なさったのは確かにリュファス様ですが、それに同意を示したのは私です。ですから、リュファス様だけが責を負うようなことは何もありませんよ」

それでも申し訳なさそうな顔をしているリュファスに、シンシアは反省した。

（事実であったとはいえ、あんなこと言うべきではありませんでしたね……）

冗談めかして言ったつもりだったのだが、リュファスとしては負い目を感じていたということもあり、それを真に受けてしまったようだ。

しかし同時に、その真面目で相手を思いやる点には、大変好感を覚える。というより、シンパシーを感じてしまうというのが正しいだろうか。

シンシアも、家族の関係を気にして生きてきたから。

大好きな家族のためだから、その行動に後悔したことはないが、それでも息苦しさを感じたのは事実だ。そしてリュファスも、そういった思いを抱えながら生きているのだろう。

しかしそれとなく嬉しさを覚えてしまうのは、リュファスがそれくらい、シンシアのことを気にかけてくれていたという事実を知れたからだ。

（リュファス様は本当に、とってもお優しい方なんですね……）

そう思いながら。

シンシアはにこりと笑う。

「それに、最初に好奇の目で見られるというのは、洗礼みたいなものだと思います」

「……洗礼？」

「はい。仲よくなるために必要な、ぶつかり合い……といいますか。なので、必要なことなのです！」

「ぶつかることが、必要……」

「そうですよ！　それに、私がそういった目で見られるということはそれだけ、使用人の皆さんがリュファス様を慕っていらっしゃるということですから。ある意味いいことだと、私は思いますよ」

そう言えば、リュファスが瞠目（どうもく）した。同時に「そういった考えもあるのか……」と驚愕しているのを見て、少しだけ胸を撫で下ろす。

（よかったです、顔色がよくなりました）

気苦労が多いこの人に、これ以上負担をかけたくない。なんとなくそう気にかけてしまいたくなる何かが、リュファスにはあった。

ある意味、興味が湧いたとでも言うべきだろうか。目が離せない何かが、リュファスにはあった。それもあり、シンシアは「私と一緒にケーキを食べる時間くらいは、心穏やかに過ごしてほしいです……」と切に思う。

しかしこの一件を経たからか。シンシアとリュファスの前にあった壁のようなものが崩れたような気がした。

そう思ったシンシアは、話題を変えようと口を開く。

そして咄嗟に出たのは案の定というべきか。ケーキの話題だった。

「それより！　ケーキのお話をしませんか！」

「……ケーキか」

「はい！」

そう意気揚々と口にしたのはいいものの、もう手元にケーキはなく、突発的に思いついた共通の話題だっただけなので、いい案が浮かばない。

（リュ、リュファス様がせっかく話に乗ってくださったのに話題を提供できないなんて、言語道断です……！）

その末に思い浮かんだのは、シンシアがいつも考えている「ケーキ」のことだった。

「そ、その！　リュファス様は、ショートケーキとチョコレートケーキに関して、どう思われますか⁉」

「……どう、とは？」

（や、やってしまいましたー！　話題提供にしては、いきなりすぎました……！）

そう思ったが、もう止められはしない。シンシアはえいや、と勢いをつけて、口を開いた。

「わ、私は、ショートケーキとチョコレートケーキは、そのお店のケーキたちにとっての女王様と王様だと思っているんです！」

「……女王と王か。理由はあるのか？」

しまった、と思ったが、リュファスが別段気持ち悪がるふうもなかったので、そのままの勢いで話を続ける。

「はい。ショートケーキとチョコレートケーキはやっぱり、ケーキの王道じゃないですか。シンプルな分、菓子職人の腕がはっきりと表れます。それって、人間で言うところの性質だと思うんです。キラキラに飾りつけられなくても、この二つは一番人気で、一番輝いている。それが、女王様や王様っぽいなと。あ、精霊界の女王様と王様だって言われている、光と闇の精霊様たちみたいですね！」

「……なるほど、面白い見解だ。しかしどことなく、君らしい気もする」

リュファスは、シンシアの意見を決してバカにすることなく頷いてくれた。無理やり話を変えた形なのだが、それだけでなんだか満たされたような気持ちになる。

今まで変人扱いを受けていたので、こんなふうに話せる相手は王都にいなかったのだ。

そこでシンシアは、自分が結構ホームシックになっていたということに気づいた。

（実家にいた頃は、お父様とお兄様の研究に付き合わされて色々試食して意見を言ってましたが、こちらに来てからはそれもなくなりましたからね。旦那様の温情だけで、なんだか胸がいっぱいになります）

ナンシーとレイチェルが「リュファスは優しい」と言っていたが、その通りだと思う。でなければ、シンシアのような一メイドの話を、ここまで熱心に聞いてくれたりはしないだろう。

（あ、そういえば旦那様の髪と瞳、ショートケーキと同じ色です）

女王と言った手前「ショートケーキみたいですね」とは言えないが、自分の好きなものとの共通点が見つかり気持ちが上向く。

一方のリュファスは紅茶を口に含みながら、ブツブツと何か呟いていた。

「ショートケーキ、チョコレートケーキ、女王、王……光の精霊女王、闇の精霊王、か。……いいアイディアではないか？」

「……何がでしょうか？　リュファス様」

「いや、正餐会で出す料理について考えていたのだが、料理長と話をしていてもスイーツの内容だけが決まらなくてな……さっきまでそれで悩んでいた」

「そうだったのですね」

「ああ。そこでだ。シンシアのアイディアを使わせてもらってもいいだろうか？」

「……私のアイディア、ですか？」

「そうだ。ショートケーキの光の精霊女王。チョコレートケーキの闇の精霊王。それぞれを模したケーキを作るんだ」

「それは……」

シンシアは、頭の中でケーキを思い浮かべてみた。

ドーム型のショートケーキをドレスに見立て、生クリームのフリルを飾る。トップには赤々としたいちごがちょこんとのっかり、飴(あめ)細工で作られたティアラがいちごを囲うのだ。

ホワイトチョコレートで作った翅(はね)をつけてもいいかもしれない。

その一方で、チョコレートケーキのほうは円柱だ。無駄な飾りは一切なく、大きな飾りはクラウンだけ。金粉や銀粉を撒(ま)き、鱗粉(りんぷん)のようにしても可愛らしい。

（…………可愛い、絶対可愛い。食べたいです……！）

シンシアがイラストを描きたくてうずうずしていると、リュファスが笑う。初めて、ケーキを食べているとき以外で笑っているのを見たかもしれない。

それを見たせいか、シンシアの胸がとくんと弾んだ。

「シンシアは、お菓子のことになるとキラキラするな」

「だってですね……イメージがむくむく湧いてきてしまいまして……！　絶対にいいものになるという確信が！」

「……イメージが湧くのか？」

「はい。スケッチは昔から得意だったので！　今まで食べたケーキも、イラストにまとめてありますよ！」

イラストが壊滅的に下手な父の代わりに、研究対象の植物のイラストをスケッチしたことも多々ある。

森の散策時についていったこともあるのだ。それは研究所でも好評だ。年に一度開かれる研究発表会でも、話題にされたことがあるらしい。

祖父の魔術研究を手伝うために、架空の生き物や魔法陣を描いたこともある。……もちろん、魔力も魔術も使えないシンシアが描いても何も起きなかったが。

他にも、家具を手作りするための設計図なんかを書いた。スケッチというのは何かと役に立つのだ。それもあり母も、紙やペン、絵具といった物の消費が激しいはずのシンシアの趣味に関しては許容してくれていた。

ただ、見たことも食べたこともないものをここまで描きたいと思ったのは、初めてだ。

（紙とペンが欲しいところです……！）

うずうずしていると、リュファスが紙とペンを差し出してきた。

「簡単でよいから、描いてくれないか？」

「は、はい」

リュファスが何がしたいのかわからず、シンシアは首をかしげる。シンシアにイラストなんて描かせてどうするのだろうか。

しかしシンシアとしても、イメージが消えてしまわないうちに描き起こしたいところだった。

ペンと紙を受け取ると、シンシアはさらさらと紙にケーキのイラストを描いていく。リュファスはそれをじっと見つめていた。

描き終わったイラストを見せれば、リュファスは感心したように唸る。

「……これはよいな」

「……へっ?」

「料理長に試作させよう」

「え……ええ!?」

(わたしの描いたイラストが、なぜかおおごとに!?)

驚くシンシアをおいて、リュファスは笑う。

その笑顔は、いたずらを思いついた子どものような幼い顔をしていた。

*

さくさく、さくさく。

ぱらぱら、ぱらぱら。

クッキーを食べる音とページをめくる音が、ナンシーの私室に響く。

時刻は午後八時頃。

外はすっかり暗くなり、仕事を終えた使用人たちがちらほらと就寝に入る時間だ。

そんな中シンシアたち正餐会給仕役メンバーは、眠気と疲労を耐え忍びながら分厚い冊子と格闘していた。

「……やばい、眠い……それと、甘いものが足りないわ……頭から情報が溢れそう」

「やめてよナンシー、そういうこと言うの……ただでさえ疲れてて、読むたびに目が滑るのに」

「まあまあ……」

シンシアは、やつれ気味のナンシーとレイチェルをなだめた。

しかしシンシアとしても同意見だ。マチルダのしごきの後に分厚い冊子を暗記するのは、大変骨が折れる作業だった。眠気でうとうとしてしまい目が滑る。

しかし、正餐会まで残り二週間だ。泣き言を言っている暇はない。

そのため、三人はこうして仕事終わりに集まり、一緒に勉強しているのだ。一人でやったら寝てしまう自信があった。

そのときのお供は、各々が休日に買い込んだ菓子と紅茶である。シンシアはもちろん奢(おご)られる側だ。餌付けされまくっている。

この勉強会で食べるお菓子とジルベール公爵邸の美味しい料理により、シンシアの痩せすぎていた体にも少しだけ肉がついた。お陰様で普通と呼べるくらいにはふっくらしているのは、とてもありがたい。

眠気覚ましの紅茶を飲みながら、シンシアは目をこする。

（うー……目がしぱしぱします）

欠伸（あくび）を噛み殺しながらも、目で文字を追っていく。

シンシア同様に眠そうにしながら、ナンシーがため息をついた。

「毎回、派閥の代表として来る人は同じなのだけれど、それ以外の人が入れ替わるから、全然覚えきれないのよね……」

「派閥のトップは変わらないのですか」

「そうだよ」

ナンシーとレイチェルが頷くのを見て、シンシアはぺらぺらとページをめくる。

「ええっと……推進派の代表は、エリスフィーナ・マリカ・シヴァンヌ・ランタール＝エイリーチア様。独占派の代表は、ギルベルト・ドゥーカ・グラディウス＝ディザシーイス様、ですか。……って、エリスフィーナ様って王妃様では⁉」

「うん、そう」

シンシアが素っ頓狂な声を上げる一方で、ナンシーが少しだけ目を細めながら頷く。

シンシアはそこで、はたと気づいた。

（あれ……確かエリスフィーナ様って……私が社交界デビューしたときに、あの素晴らしいケーキたちを菓子職人たちと一緒に考え抜いた、お菓子愛が強い方では⁉）

そう、そうだ。エリスフィーナは食に対するこだわりが尋常じゃなく、その中でもお菓子への情熱がとても熱い人なのだ。

今開いている冊子にもエリスフィーナに関する情報が書いてあるが、その大半が食に関することで逆にびっくりする。

（ですが、社交界デビューの際のお菓子ラインナップを思い返せば、それも当然ですね）

社交界デビューした際の素晴らしい光景を思い出し、シンシアはうっとりする。

今思い出しても、あれは本当にすごかったのだ。

（会場だけじゃなく、参加していた人皆さん綺麗な格好をしていて目の保養でしたが……何より素敵だったのは、大きなテーブル一面に並べられたケーキですよ！）

置いてあったケーキは、食べる相手が正装の貴族だということもあり、腹部に負担がかからないよう大きさはどれも小さめだった。そこからしてみても、客人への配慮が窺える。

ショートケーキ、チョコレートケーキという王道だけでなく、チーズケーキやパイ、タルトなど、種類が豊富に揃っていたのも好印象だった。

そして肝心のケーキにも、菓子職人の技術が集結していた。

それは、ショートケーキ一つとっても比べものにならない。

スポンジ生地の厚みから生クリームの比率、いちごの薄さ……何から何まで考え抜かれたケーキだったのだ。あれ以上のケーキはいまだに食べたことがない。

その美味しさのせいで、シンシアは社交界デビューしたにもかかわらず、一人ケーキの味を楽しんでいた。

パートナーとしてついてきてくれていた兄と踊った以外は誰とも踊らなかったデビュタントだったが、満足したのを今でも覚えている。

そう感想を言えば、兄には「シンシアらしいなあ」と笑われたが。

(だって美味しかったんですよ……！)

そんなことを思い出していると、ナンシーがため息を吐き出す。

「立場的に言えば、リュファス様の義理の姉君ね。国王陛下が来られたら大変なことになるから、こういう場にはよく王妃様がいらっしゃるわよ」

「独占派のギルベルト様は、三大公爵の一つ、グラディウス公爵家の若きご当主様だしねえ。しかも、ギルベルト様女性キラーだから……シンシア、いい？　ギルベルト様には極力近づかないこと！」

「そうだよ、シンシア！　あの方絶対シンシアのこと気づくだろうから！　初めて見る女性のこと気づかないとか、あのギルベルト様に限ってないから！　シンシアみたいな純情そうな子を狙ってリュファス様を攻略してこようとする可能性高いから、絶対気をつけてね⁉」

「は、はい……」

ナンシーとレイチェルが鬼気迫る様子で近づいてきたので、シンシアはのけぞりながら頷いた。

同時に、グラディウス卿は一体どんな方なのでしょうか？　と心配になる。

しかし聞いても「会ったらわかる」「人のような見た目をした名状しがたい何か」としか言われず、謎は深まるばかりだった。

パラパラと冊子をめくりギルベルトの箇所を開いたら、赤文字で「触れるな近づくな危険！　特に女性使用人は警戒すべし！」と赤字で書かれている。マチルダが書いたのだろう。

（メイド長にまでここまで言われるなんて……どんな人が出てくるのでしょうね）

おそるおそる先を読み進めていたシンシアは、「女性を虜にする危険人物」「話したら最後、ペースを乱してくる悪魔」「リュファス様の敵」といった文を読み、目を瞬かせた。

というより、正餐会に参加する他の来客情報と比べるとかなり主観が入っている気がするのだが、それはいいのだろうか。主観が多すぎて、逆にイメージが固まらないのだが。

（と、とりあえず……女たらしな方なのでしょうか？）

印象をまとめてみた結果、そんなイメージになった。

そのせいか、ものすごくヘラヘラした軽薄そうな男が頭に浮かび、シンシアは微妙な気持ちになる。こういってはなんだが、シンシアはそういう、女性慣れした人が苦手だった。

このあたりは恐らく、家庭環境も影響している。

（で、ですが魔術師様ですし……お会いしてみたい気持ちは変わりません！）

シンシアは気持ちを切り替えるために、冷めた紅茶を口にした。

ナンシーとレイチェルはすっかり集中力が削がれてしまったのか、おしゃべりを始めている。

「今年はどうなるのかしら……」

「どうせ今年も、一触即発でしょう」

「火ぶたを切るのはやっぱり王妃様？」

「かなぁ……リュファス様も不憫だから、そろそろ抑えてほしいよね、もう」

レイチェルもため息をこぼすのを見て、二人の苦労が窺えた。

シンシアは王妃、王弟、公爵が火花を散らす正餐会を想像してみる。

（お菓子好きな王妃様とリュファス様……もしかしてお二人は気が合うのでしょうか？　それにお三方とも一級魔術師ですし……ああ、大変です、お祖父様に嫉妬されてしまいます……！）

しかしリュファスの秘密をバラすわけにはいかないので、シンシアは『お菓子好き』という言葉をぐっとこらえ、魔術の部分だけを口にする。

「一級魔術師が三人も集まるだなんて、すごい空間になりそうですね……私ちょっと、テンションが上がってしまいそうです……っ！」

「シンシア、ブレないね？」

レイチェルが呆れた顔をして目をこすっていたが、シンシアの意識は覚醒した。

好きなことに対する熱の入りようが他人よりも激しい彼女は、目を皿のようにして文字を追い始める。

（仕方ないじゃないですか。夢見がちだと言われても、好きなものは好きなんですからっ）

興味があるものに対する執着の強さは、残念なことに血筋だ。オルコット家の人間には大なり小なり、そういう人間が生まれる。シンシアの場合は、魔術大好きな祖父と植物を愛している父の両方から影響を受けてしまったのが、主な原因だろう。

すごいスピードで冊子を読み進めるシンシアを見て、ナンシーとレイチェルは顔を見合わせる。

「……あたしたちも、もうひと頑張りしようか」

「そうだね、ナンシー」

そして二人は集中するシンシアに釣られて、冊子を読み進めていったのだった。

＊

正餐会前だが、だからこそ休日はちゃんとある。

リュファスとの秘密のお茶会を糧にマチルダの教育に耐えてきたシンシアは、外出するために身なりを整えていた。

「今日はいい天気ですし、上着はいらないでしょうか」

窓を覗(のぞ)き込み空が晴れ渡っていることを確認したシンシアは、数少ない洋服をベッドの上に広げつつ呟く。

そんなときだ。

『……………シア。シンシア？』

「ひゃうっ!?」

どこからともなく、リュファスの声が聞こえた。びっくりしすぎた彼女は、持っていたバスケットを盛大に落としてしまう。

『シンシア、いるか？　いるなら返事をしてくれ』

「え、ど、どこから声が聞こえて……」

シンシアはそこではたと気づいた。

（そうです。テーブルの上に、以前リュファス様からいただいたピアスを置いていました……！）

そう。出会った頃、連絡用として借りたピアスだ。まったく使っていなかったので、すっかり忘れていた。

シンシアは慌てて、テーブルの上に駆け寄った。テーブルの上にぽつねんと置かれた箱を開けば、ルビーのピアスが二つ鎮座している。

その一つをつまみ上げ、シンシアはこっそり呟いた。

「リュ、リュファス様……？」

ピアスに話しかけるという不思議な感覚を味わいながら、シンシアはごくりと息を飲む。一度使ったことがあるはずなのになぜだか緊張した。ピアスが高価なものだからだろうか。

『シンシア、出たか。よかった』

ピアスから響いてきたリュファスの声は、肉声と比べ少しだけ聞きづらい。聞きもらさないよう、シンシアはピアスを耳につけた。

「は、はい。何か御用でしょうか？」

『ああ。今日は、外で菓子を買わなくていい』

「……え？」

『すぐにわたしの部屋に来てくれ』


リュファスの言う通り直接リュファスの部屋に来たシンシアは、四回ノックを鳴らした。

「シンシアです」

『入ってくれ』

「はい」

いつもと同じように入室したシンシアは、長椅子に座りくつろぐリュファスを見てぺこりと頭を下げた。

「礼はいいから座りなさい」

「は、はい」

リュファスに促され、シンシアは向かい側の長椅子に腰掛ける。

普段ケーキを広げているテーブルには、クロッシュと呼ばれる料理の上にかぶせるドーム型のカバーと、ティーセットが置いてあった。

クロッシュがあるということは、中に何か食べ物が入っているということだろう。

(何が入っているのでしょう……)

シンシアの予想としては、ケーキだ。リュファスがケーキを買ってこなくてもいいと言った理由から推測した。

どんなケーキが出てくるのだろう、とそわそわしていると、リュファスがクロッシュの取っ手に手をかける。クロッシュが持ち上げられた。

「あ……わぁ……っ⁉」

両手のひらを胸元で合わせながら、シンシアは大きく目を見開いた。

そこには二つのケーキがあった。

楕円形の皿にワンプレートになるよう盛られている。ケーキのサイズが一般的なものよりも小さいのは、二つあるからだろう。

一つ目は、ドーム型の白いケーキだった。

ケーキの下のほうにはピンクと白の生クリームがデコレーションされており、まるでフリルのようだ。トップにはホワイトチョコレートで作られたミルククラウンと、その上に薔薇の花を模したいちごが飾られている。可愛らしくも品のある素敵なケーキだ。

二つ目は、円柱型のチョコレートケーキだ。

こちらのほうは断面が見えており、ビスキュイやガナッシュなどが何層にも重ねられていることがわかる。思わず吐息してしまうくらい美しい断面だった。目立つのは、トップにのせられたクラウンと金色のパールシュガーだ。飾りと呼べる飾りはそれだけ。しかしどことなく貫禄があるように見える。

「リュファス様、こ、これ、これ……！」

シンシアは感極まった。感動しすぎたせいで、言葉がうまく話せない。どうしたらいいのかさっぱりわからなかった。

しかしこれは確かに、シンシアがイメージ図を描いたケーキだ。多少のアレンジはされているが、間違いない。

見るからに興奮しているシンシアに、一目見て気づいたのだろう。リュファスは緩く笑みを浮かべる。

「ああ。シンシアが案を出してくれたケーキを、料理長が作ってくれた。素材同士の相性もあり、多少修正を加えたと言っていたが……よいデザインだと褒めていたよ」

「ほ、本当ですか⁉」

「もちろんだ。今日はこのケーキの味見をしようと思って呼んだ。シンシア。ケーキの見た目はどうだ？」

「最高です！　私の貧相なイメージとは、比べものにならないくらい完成度が高いです‼」

テンション高めに叫ぶシンシアを見て、リュファスはくすくす笑った。

「なら、次は味だな。一緒に食べようか」

「はい！」

うきうきした気持ちを頑張って抑えつつ、シンシアはフォークを持った。

ごくりと生唾を飲み込み、食前の祈りを神に捧げる。

どうやらリュファスは、先にシンシアに食べさせてくれるらしい。

その厚意に甘え、シンシアはフォークを震わせながら白いほうのケーキをすくった。

勢いをつけてぱくりと頬張り、咀嚼（そしゃく）し、そして動きを止める。思わず、口元に手を当ててしまった。

（お……美味しい、です……！）

白いケーキは、ただのショートケーキではなかった。

スポンジ生地の間に挟まっているのは、ホワイトチョコクリームとラズベリージャムだろうか。それにより、ケーキにコクと甘酸っぱさがプラスされている。

いちごは小さくカットされており、フォークですくったときにどこからでもいちごを味わえるようになっていた。

　生クリームも軽く、全体的にふわっとした口当たりだ。そのため夢を見ているような感覚になる。しかし軽すぎないよう、ギリギリのところで調節してあるようにシンシアには思えた。

「生クリームもスポンジ生地も軽くてふわふわですが、ホワイトチョコソースとラズベリーソース、いちごがいいアクセントになっています。小さいですが、一口食べただけで幸せになれるケーキですね……」

「……すごいな、シンシアは。入っているものをすべて言い当てるとは。それを聞いたらきっと、料理長も喜ぶ。……こっちも食べてくれ」

「はい、いただきます」

　リュファスがチョコレートケーキのほうをフォークに刺して渡してきたので、シンシアはいつものノリであーんと口を開き、ぱくりと口に含んだ。

「こっちは、白いほうと比べるとすごい濃厚ですね……」

　生地は二種類使われているのだろうか。一つ目はしっとりしていてほのかに苦く、二つ目はサクサクしていた。

　間にはチョコレートガナッシュ、キャラメルクリーム、細かく砕いたアーモンド……といった食感も味も異なるものが挟まっていて、その違いがとても楽しい。

　表面に塗られたダークチョコレートクリームは濃厚で、すべてを綺麗にまとめてくれた。

「サクサクした食感と濃厚なクリーム、軽やかなガナッシュが調和していて、すごく美味しいです。ですがこの生地は……二種類ありますよね？」

「ああ。一つ目はモカシロップに浸したもので、もう一つはアーモンドパウダーを生地に混ぜ込んで焼いたものだ。サクサクした食感が楽しいだろう？」

「はい。すごく大人の味がするのに、遊び心があって……重厚な味がします。白いほうとはまた違った楽しさのあるケーキで……これを両方食べられるなんて、幸せですね」

シンシアは頰に手を当て、うっとりした。

二週間でここまで完成度の高いケーキを作れるなんて、さすが料理長だ。料理だけではなく、菓子まで作れるなんて。

一人自分の世界に入り込んでいるシンシアを眺めながら、リュファスもケーキを食べる。

彼は満足そうに頷いた。

「……うん、美味しい。この味でこの見た目なら、義姉上に文句を言われることもなさそうだ」

「エリスフィーナ王妃殿下がいらっしゃるんですよね。王妃殿下が監修をされたという社交界にデビュタントで参加しましたが、どれも本当に美味しかったです……どのケーキもキラキラ綺麗なのに甘くて、美味しくて……」

「そうか。シンシアは義姉上のこだわりを知っているのだな。そうなんだ、だから以前までは『味はよいのにデザインが地味』だと文句を言われていて、料理長が落ち込んでいてな……今年は何を言われるのかと戦々恐々していたんだ。だから本当に助かったよ、シンシア」

料理長が不憫で、シンシアは涙を浮かべた。がっしりした体をした四〇過ぎの男性で、ものすごく人がいいのだ。

そのせいか、シンシアが来た当初は痩せすぎを心配され、かなり世話を焼いてくれた。毎食の量が多くて食べきれず、男性使用人におすそ分けをしていたら、マチルダが「女性の食べる量を考えなさい」と叱っていた。叱られてしょぼくれる姿は、体の大きさに似合わずちんまりとしていたのをよく覚えている。

動物に例えるなら、外見は熊、中身は犬だろう。感情表現がとても豊かなのだ。

そんな料理長が喜ぶ姿を思い浮かべ、シンシアは嬉しくなる。

「そんな。私としましては、自分の理想がこんなふうに形になるだけで幸せですから。味見もさせてもらえましたし！」

リュファスに会ってから幸運なことばかり起きる。

大変なこともあるが、なんだかんだ頑張れているのはリュファスのおかげだった。

（もしかしなくても、リュファス様は幸運パワーなるものを持っているのでは？）

シンシアは、心の中でリュファスを拝む。

「どうかしたか、シンシア」

「いえ、なんでも」

不思議がられたので、にこりと笑って誤魔化した。

リュファスはいまだに首をかしげていたが、「ああ、そうだ」と思い出したように呟く。

「このケーキに名前をつけようと思うのだが、何がいいだろうか。それをシンシアと相談したかったのだ」

「名前ですか。重要ですね……」

創作ケーキにつける名前は様々だ。

作った菓子職人の名前をつけるパターンもあれば、作られた土地や場所の名前がつけられることもある。その菓子が領地の名物として有名になれば、経済が発展することにも繋がるのだ。

ただ、今回提供するのは正餐会。しかも王弟であるリュファスの正餐会ともなれば、とても注目されているはずだ。他の貴族たちが後から噂をして伝播(でんぱ)してくれるような、インパクトがあり覚えやすい名前がいいだろう。

うんうんと悩んだ結果、シンシアの頭に浮かんだのは二つの名前だった。

「……ショートケーキのほうをブリエ、チョコレートケーキのほうをフォンセ、にしたらいかがでしょう?」

「精霊女王ブリエと、精霊王フォンセから取ったのか」

「はい。安直かもしれませんが……そこから思いついたものですので」

精霊女王ブリエと精霊王フォンセは、この国で生きる人間なら誰でも知っている。子どもが読むようなおとぎ話に何かと出てくるからだ。

知名度の割にイメージが定まっていないのは、精霊という存在があまり身近ではないからだ。そのため、創作家によって色々な精霊女王と精霊王が生み出されていた。そういった本だけは我が家に揃っていたので、シンシアにも馴染み深いものだった。

しかし魔術師たちの間では、羨望の眼差しと崇拝の心を向けられている精霊たちのトップでもある。

そんな精霊たちをかたどったケーキを、全種族の精霊に愛されているリュファスが正餐会で提供したとなれば、貴族たちは口々に噂を広めることだろう。

そしてそれは、リュファスの権威を示すことにも繋がるはずだ。彼の不安定な立場を、少しばかり落ち着かせることができるのではないだろうか。

この数分で色々と考えに考え抜いた結果、シンシアはそう結論付けた。

「今回来賓する方々を全員確認しましたが、魔術師の方が多くいらっしゃいました。ですから、ブリエとフォンセの名前をつければ話題になりやすいのではないかと思います」

「確かに。既に知っている名前を使えば、ケーキの名前も覚えやすいし……よし。ブリエとフォンセにしようか」

「わあ、ありがとうございます！」

「こちらこそありがとう、シンシア。君のおかげで、今年の正餐会はどうにかなりそうだ」

ほっと息を吐き穏やかな表情を見せるリュファスを見て、シンシアは心配になった。

（ここ数日、リュファス様遅くまで起きていらっしゃったみたいですし、顔色もあまりよくありません。……休んでいただいたほうがよいのではないでしょうか？）

シンシアが与えられている使用人部屋からリュファスの部屋が見えるのだが、夜遅くまで明かりがついていることがよくあるのだ。

シンシアはほぼ毎日、ナンシーとレイチェルと一緒に勉強会を開いているので、自室に戻るのは一〇時過ぎだ。それ以降も起きているのだとしたら、かなり疲れているはず。

「……リュファス様。お顔色が悪いようですから、あまり無理なさらないでくださいね」

シンシアの言葉を聞いて、リュファスは目を瞬かせた。

リュファスは自分の顔に何度か触れたり、頬をつねったりしている。なんだかとても驚いているようだった。

「……わたしはそんなにも、疲れた顔をしているだろうか」

「えっと、私から見たらそう見えるといいますか……」

シンシアはぽりぽりと頬をかいた。どう説明したらいいのか、わからなかったのだ。

慎重に言葉を選びつつ、彼女は口を開く。

「おそらく、他の方はそんなに気づいていないと思います。私はどうやら、昔からそういうことに気づくのが早いようなので」

微妙な空気を醸し出す家庭環境にいたせいか。シンシアは相手の顔色を窺うのが得意だった。祖父と母親の対立を中和していたのも彼女だったりする。

ただこんな家庭事情を打ち明けても仕方ないので、そのあたりは徹底して伏せた。逆に心配されても困る。

リュファスの様子を窺ってみたが、気づいていないようだ。それに少し安心する。

「……申し訳ありません、リュファス様。余計な気遣いをしてしまって」

「いや……構わない。ただ、そんなふうに言われる経験が少ないから、少し驚いた。わたしはこの通り、表情があまり動かないからな」

ケーキがあると別ですよね、という言葉は飲み込んでおく。

「正餐会前の大事な時期ですから、お体には気をつけてくださいね」

「……ありがとう、シンシア。やるべきことは終わらせたから、今日は早めに休もうと思う。……君にそう言われると、なんだか頷いてしまうな」

「そ、そんなに怖かったでしょうか……？」

「いや、なんだかこう……優しく言われるからこそ、かな」

そう言われ、シンシアはほっと胸を撫で下ろすのと同時に、納得した。

「家族にも言われます、それ。私自身はなぜそう言われるのかよくわかっていないのですが、リュファス様が休んでくださるなら、この特技も捨てたものではありませんね」

そこでシンシアは、はたと気づいた。

「そうです。私、リュファス様にお返しするのをすっかり忘れていまして……こちら、ありがとうございました」

ポケットに入れておいたピアスの入った小箱と小瓶を取り出し、テーブルに置く。

高価なものなのにそのまま持ってきたのは、管理がずさんだったかなとビクビクする。

しかしリュファスはそれを咎めることなく、首を横に振った。

「シンシア。それは君が持っていてくれ」

「え、です、が」

「連絡をするときに便利だから、できるなら普段からつけておいてほしい。今のところ他の使用人たちと鉢合わせたことはないが……もしもがあるかもしれないから」

「な、なるほど。確かに」

シンシアも気をつけているので他の使用人たちに出会うことはないが、万が一があっては大変だろう。リュファスの秘密がばれれば、契約違反にもなってしまう。

シンシアは、ピアスを見つめた。

赤い石を使っているので少し目立つが、かなり小粒だ。これくらいの大きさのピアスなら、マチルダも咎めないだろう。ナンシーやレイチェルだって、ピアスをつけたまま仕事をしていたし。

リュファスが何か言いたげな目でじーっと見つめてきたので、シンシアはピアスを手にした。耳につければ、リュファスが満足そうに頷く。

「わたしもつけておこう。……お揃いだな」

シンシアと同じようにピアスをつけてから、リュファスは微笑む。

シンシアは思わず固まった。

（こ、これは……冗談なのでしょうか。いやいや、リュファス様はそういう冗談を言わない方でしょうし……となると、意図せず、無意識に？）

そうです、無意識です、とシンシアは自分に言い聞かせた。

メイドという立場でなかったら勘違いしているところだった。困ったのでとりあえず笑みを浮かべておく。

美形が微笑みながら「お揃い」という言葉を使うと、こうも心臓に悪いとはこれっぽっちも思わなかった。

（落ち着きましょう、シンシア。リュファス様がかっこいいのは元からです。ケーキを食べてるときが可愛いのも今更です。だから、落ち着きましょう……落ち着くのです……！）

心臓がバクバクと鳴り響き、そのたびに嫌な汗が流れる。婚約を蹴った手前、こんなことでときめいていてはいけないと、シンシアは自分に叱責した。

しかしそれでも耐え切れず離席しようかと思っていると、リュファスが首をかしげた。

「シンシアのほうは、無理をしていないか？　マチルダの指導はかなり厳しいだろう」

「た、確かに厳しいですね。最近は少し慣れてきましたが……」

「そうか。君たち使用人にも迷惑をかけるな。上位貴族というのは、使用人たちの質を見て主人の器量を見定めたりするんだ。マチルダが張り切っているのはおそらく、そのせいだと思う」

「なるほど。田舎に引きこもっていたので、そのあたりまったく知りませんでした。ですがそれでしたら、メイド長が意気込むのも仕方ありませんね。だってこの屋敷の使用人の方々は皆、リュファス様のことを大変尊敬されていますから。もちろん私も、リュファス様のお屋敷で働けてよかったと思っています。とてもよい職場です」

「……よい主人だと思ってもらえているなら何よりだ。皆には、わたしの微妙な立場のせいで、苦労ばかりかけているから」

その言葉から、リュファスがどれだけ立ち位置に慎重になっているかが窺えた。

（私はナンシーさんやレイチェルさんから聞きかじったことしか知りませんが……心を許せる相手は少なかっただろうな、ということだけはわかります）

派閥が生まれたのはリュファスのせいではないのに、どうしてここまで苛まれ続けなくてはならないのだろうか。

シンシアには理解できなかったが、それが王族なのだと言われたら口をつぐむしかない。

「大丈夫です、リュファス様。我ら給仕役一同、うまくやります。冊子も暗記しましたし、礼儀作法に関してはメイド長からお許しが出る程度には完璧ですので。私、リュファス様のお心の安寧のためにも頑張ります！」

だから、シンシアに言えるのはそれだけだ。

「そう、か。……頼もしいな、シンシアは」

「えへへ。根性が一番の取り柄ですから。あ、正餐会が終わりましたら、王都一のパティスリーロマンティエのケーキ、食べましょう！　私、早朝から気合いを入れて並びますので！」

ご褒美、大事！　とシンシアが拳を握り締め熱弁すると、リュファスがきょとんとした顔をした。

しかしすぐに破顔し、くすくす肩を揺らす。

「それはいい。楽しみにしておくよ、シンシア」

三章　新米メイド、正餐会にて活躍する

正餐会当日。

その日のジルベール邸は、朝からピリピリした空気を漂わせていた。

メイドたちはいつも以上に気を使って掃除をこなしたし、庭師もいつも以上に手入れに力を入れた。

窓もピカピカ、ついでに言うなら、使用人たちが使うキッチンや裏方の空間もピカピカだ。来賓客の目に触れないところもしっかり磨き上げているのは、それだけ気合が入っているということだろう。裏方役の使用人たちも、心は同じなのだ。

それはメイド長と執事長も同じだったらしく、チェックもいつも以上に厳しかった。やり直しを命じられた場所も数か所あった。

しかし誰一人として愚痴を言ったりしなかったことからも、覚悟の違いが窺える。

シンシアたち給仕係も、この日のために服を新調してもらった。

普段のメイド服ではなく、侍女などが着るような、華やかではないが地味ではない濃紺のドレスだ。首元には臙脂色のリボン、髪には純白のリボンを揃いでつける。

リュファスの瞳と髪の色を持つものをつけることで、自分たちはリュファスの使用人だということを暗に告げるためなのだとか。

執事たちも白いスカーフと赤いカメオをつけ、準備万端だ。

日が暮れればジルベール邸はただの公爵邸ではなく——戦場となる。

ピカピカに磨き上げられた床と新品の絨毯を敷いた玄関で、給仕係の者たちはピシッと整列していた。歴戦の戦士のような風格だ。

かくいうシンシアも、背筋をしゃんと伸ばして来客を待つ。

一か月にわたるマチルダの教育は、シンシアに自信を与えてくれた。

(大丈夫です。落ち着いてやれば、問題ありません)

そう自分に言い聞かせていると、リュファスがやってくる。彼は髪を撫でつけ、ぴしりと決めていた。

服装もいつも以上にきっちりしており、普段着ている騎士服よりも一段格が高い騎士礼装を身につけている。

外套にもジルベール家の紋章である天秤と盾、盾の内側に幾何学模様がサテン系の赤い糸で描かれており、動くたびに浮き上がって見えた。

幾何学模様は精霊語という、魔術師がよく用いる言語だ。リュファスの外套には「我、いかなるものにも臆せず。我、いかなることにもたゆまん」という意味の精霊語が刻まれているのだとか。

それを聞いたとき、シンシアはリュファスの並々ならぬ覚悟を垣間見た気がした。

そんな覚悟とともに、リュファスは凛然と佇(ただず)んでいる。

「皆、今日はよろしく頼む」

『はい！』

リュファスのよく通る声が響いた。たったそれだけなのに、使用人たちの空気が一気に変わったのがわかった。

シンシア自身も気持ちが明るくなり、緊張がほぐれる。

そんなときだ。来客を告げるベルが鳴った。

フットマンがドアを開けると同時に、使用人たちが腰を折った。本日最初の来客に、リュファスが対応する声が聞こえる。

「これはこれは。グラディウス卿ではないか。一番乗りがあなたとは思ってもみなかった」

（え……）

顔を上げると同時にそちらを見たシンシアは、一人息を飲んだ。

そこには、黒髪の貴人がいた。

シンシアは一瞬、おとぎ話の闇の精霊が現れたのかと思った。

グラディウス公爵――ギルベルトは、それほどまでに美しかったのだ。

漆黒の瞳は鋭く、見られたら体が動かなくなってしまうくらい恐ろしかった。なのに見つめてしまうというのだから、美形の魔力はすごい。

長く艶やかな黒髪は無造作に結ばれ、しかしそれがとてもよく似合っている。リュファスとはまた違った種類の美人だ。

黒の礼服に黒の外套という、全身黒ずくめの姿をした貴人は、しっとりと微笑んだ。

「ジルベール卿が開いた正餐会ですからね。これくらいは当然でしょう」

シンシアは、内心ひえっと悲鳴を上げた。

（色気が、色気がすごいです……）

どこから溢れてくるのか。蜂蜜のように甘い色気がギルベルトから滴り落ちている気がする。

こんな甘やかな顔をした男性に微笑まれたら、美形慣れしていない女性はイチコロだ。

（ナンシーさんとレイチェルさんが『グラディウス公爵閣下には気をつけなさい』ってごり押ししてきた理由が、ようやくわかりました）

マチルダお手製冊子に、赤文字で危険人物扱いされていただけある。

これは間違いなく、歩く災害だ。闇の精霊王ではなく、インキュバスの類いかもしれない。シンシアが一番苦手とするタイプだった。

美しい人は大変目の保養になるが、それは対象を鑑賞できる状態にあるときのみ言えることだ。実際に自分に絡んでくるのであれば、話は別なのである。

そういった趣向もあり、一瞬のやりとりだったが、シンシアは勢いよく心の距離を空けることとなった。

しかし昔から笑って誤魔化すことに慣れていたシンシアはそれでも、きちんと笑顔をキープする。

シンシアにそう思われていることに気づかず、ギルベルトは執事にコートを手渡した。

そしてシンシアを見て、目を見開く。

「……見ない顔をした使用人がいますね？　ジルベール卿が使用人を増やすなど、珍しい」

ギルベルトはそう言うと、ごくごく自然な動作でシンシアの手を取った。まるで貴族令嬢に対してのような行動に、どういうつもりなのだろうかと内心冷や汗をかく。

（わざとです、この方、ぜったいにわざとやっていますよ……！）

それと同時に、リュファスの眉が一瞬ぴくりと震えた。どうやら、心配してくれているようだ。

（大丈夫です、リュファス様。心の距離はものすごく離れていますから）

シンシアはそう、密かにリュファスに目配せする。気づいたかどうかはわからないが、すぐ後にギルベルトが口を開いた。

「レディ、お名前は？」

シンシアはにこりと笑みを深める。

「グラディウス公爵閣下、大変申し訳ありません。私は使用人ですので、名乗る名を持ち合わせておりません」

「……なるほど、確かにそうですね。……随分と仕事熱心な使用人のようで」

（だって、メイド長からいただいた冊子に書いてありましたから）

通常、使用人が名前を名乗るような場面はないのだ。その相手が貴族階級であっても、その場での立場が使用人なら名乗る必要はない。だから聞かれたときはさらりと流すのがいいと書いてあった。

今回はそれを実践しただけ。その証拠に、マチルダから「よくやりました！」というような念を感じた。

しかし、ギルベルトはなぜか手を放してくれない。

シンシアは微笑みながら、心の中で汗をダラダラ流していた。

正餐会が始まってすらいないのに、いきなりのピンチだ。しかも、かなり危険度が高い。

なのに、ギルベルトはどこか楽しそうにシンシアの手を弄ぶのだ。

「ジルベール卿、素晴らしい使用人を入れましたね」

「……ありがとう、グラディウス卿」

「ええ、本当に。きっぱりとした物言いに惚れ惚れしました。我が邸宅に引き入れたいくらいです。このような場所でなければ、口説き倒していたところです」

「……お戯れを」

会話の内容が不吉すぎて、背筋に震えが走った。リュファスがやんわりとした口調でたしなめているが、どこ吹く風だ。いじめだろうか。弱い者いじめはよくない。

（とっとと手を放して、応接間に行ってください！）

シンシアがそう心の底から叫んだときだ。

新たな客が、呼び鈴を鳴らした。

それは凍りついていたジルベール邸の玄関に、わずかばかり動きをもたらす。

いらしてくださりありがとうございます！　とシンシアは見ず知らずの客に対して胸の内で礼を述べた。

さすがのギルベルトも、他の客がいる前で使用人に絡むことはないだろう。なんとか場を切り抜けられそうだ。

「ごきげんよう、ジルベール卿。本日はお招きいただきありがとうございますわ。……あらあら。相も変わらず節操なしですこと。他人のタウンハウスなのですから、女を弄ぶのは控えたらいかが？　見苦しくてよ」

（…………あ、ら？）

……そう思っていたのだが、そうはいかないのが現実なようで。

シンシアは入り口を見つめる。

そこには、プラチナブロンドの髪をした美女——エリスフィーナ・マリカ・シヴァンヌ・ランタール＝エイリーチアがいた。

（独占派トップと、推進派トップが、玄関で衝突してしまったのですが……？）

そう思ったのはどうやらシンシアだけではなかったようで、他の使用人たちからも「どうするんだ」といった戸惑い交じりの何かが感じ取れる。

しかしエリスフィーナの来訪にまったく臆することなく、ギルベルトは満面の笑みで対応した。

「ごきげんよう、王妃殿下。このレディは新人なのですが、なかなか見どころのある人なのですよ。ですのでついつい」

ついついとか言いつつ、シンシアの手を先ほどより強く握るのはどうなのだろうか。悪いと思っている人が取る行動ではないのだが。

そう感じたのはシンシアだけではなかったようで、エリスフィーナの目に怒りのような感情が滲む。

「……そうでしたか。素敵なご趣味ですこと」

「ええ。先ほど、ジルベール卿にも、ぜひ我が邸宅に引き抜きたいと申し上げたところなのです」

「ふふふ。相も変わらず、ご冗談がお好きなようですわね。いつか身を滅ぼしましてよ」

「美しい女性とともに果てられるなんて、むしろ大変幸福なことですよ！　もちろん、王妃殿下も、そのお一人ですがね」

一連のやりとりを要約するのであれば、「女たらしめ」「お前もその女の一人だぞ」といったところだろうか。

会って早々流れた険悪なムードのせいで、ジルベール邸の玄関に季節外れのブリザードが吹き荒れる。

（……冒頭から、一触即発なようで）

チリチリとひりつくような空気を、ブリザードの真ん中で感じながら。

シンシアは思わず、遠い目をしたのだった――


場所は変わり、正餐室。

参加者一二人が、血統による爵位順に、男女交互に席に着く。

それを確認してから、シンシアはナンシーと一緒に一度キッチンに引っ込んだ。

キッチンに入ると同時に、裏方に徹している使用人たちが椅子を差し出してくる。

それに座りながら、シンシアはふふふふふふと壊れた人形のように笑った。

「もう嫌ですキッチンに引きこもりたい」

「気持ちはわかるけど、シンシア頑張って。ほんとお願いだから……」

また始まったばかりなのに疲れ切った様子の二人を見て、使用人たちがざわめき始める。

「おい、なんか飲み物持ってこい！　温かいやつ！」

「膝掛け持ってきたからかけて！　体からまずあったまらないと！」

「二人ともしっかりー！」

（ふふふ……皆さんお優しい……）

甲斐甲斐しく世話を焼いてくれる使用人たちの優しさが、心にじんわりと沁みてくる。

疲労困ぱいしているシンシアたちに、その優しさは涙が出るほどありがたいものだった。

それと同時に、あの地獄を思い出し遠い目をする。

(私はなんで、あんなにもグラディウス公爵閣下に絡まれるのでしょう……)

そう。玄関でのやり取りが終わった後も、ギルベルトは何かとシンシアを呼びつけ絡んできたのだ。

そのときの楽しそうな顔ときたら！　相手があのギルベルトでなければ、男の急所を蹴り上げているところだ。少なくともこれで酒場の男たちは黙った。

ギルベルトだけだったら、被害者はシンシアくらいだったと思う。

――しかしこの場には、エリスフィーナがいるのだ。

ギルベルトがシンシアを呼びつけ絡むたびに、エリスフィーナが嫌味を言い場がギスギスするのだからやっていられない。まったくもって理解に苦しむ展開だ。

それはナンシーも同じだったらしく、ぐったりと背もたれにもたれながら呻（うめ）く。

「ギルベルト様、シンシア好きすぎでしょう……」

「好きというより、あれは遊んでません？」

「あ、うん。かもしれないわ。新しいおもちゃを見つけたみたいな感じ。シンシアの反応が新鮮だったからかしら」

ナンシーは、淹れてもらったホットティーを飲みながらため息を吐き出した。

しかしシンシアからしてみたら、その言葉は聞き捨てならないものだった。

「冊子通りに動いただけじゃないですかぁ……メイド長だって喜んでいましたし！」

「あ、うん。それはね。そうなんだけど。でもあの顔で見つめられちゃうと、誰しもポーッと一瞬魂持っていかれるものなのよ。シンシアはそれがなかったから、楽しくなっちゃったんじゃない？」

確かに、あの美貌であの態度なら大半の女性が骨抜きになるだろう。ギルベルト自身、自分の顔がいいことを自覚してああいう行動をとっているはずだ。いや、確実にわかっていて悪意を振り撒いている。

だがシンシアにだって、好みはあるのだ。苦手なタイプ相手に、惚れるようなことはない。断じてない。

「うう……そんな理由、納得いきませんよう……」

砂糖がたっぷり入ったミルクティーを飲みながら、シンシアは涙目になった。なら一体どんな態度を取ればよかったのか、教えてほしい。切にそう思う。

そんな中差し出されたミルクティーはかなり甘く作られていて、その甘さが体中に沁み渡った。疲れているのもあって、とても美味しい。

その上、キッチンに流れる空気がとても温かくて。体のこわばりがほどけていく気がした。皆、シンシアたちを心から心配しているからだろう。

しかし休憩できるのは料理ができるまで。キッチンメイドが料理をカートにのせてしまえば、悲しきかな戻らなくてはならない。

それもあり、シンシアはこの温かさを存分に噛み締める。

そしてナンシーと一緒に完成した料理がのるカートを押しながら、気持ちを切り替えた。

（相手はお客様、お客様……私は壁の花、花、いや、野花。都会に珍しく、色気よりも食い気の野花がいるから面白がっているだけ……よし！）

やけくそ気味の自己暗示をかけ、シンシアはいざ戦場に向かう。

──再び足を踏み入れた正餐室は、冷え切っていた。

（ひえっ）

凍えている理由はもちろん、王妃・エリスフィーナとグラディウス公爵・ギルベルトによる会話のせいだ。

「グラディウス公爵のお召し物は黒ですのね。夜間にお会いしたら、誰だかわからなくなってしまいそうですわ」

「安心してください、王妃殿下。わたしは決して間違えたりしませんから。ええ、ええ。あなたほどの美貌の貴婦人を見間違えることなどありませんとも」

「……まあ、まあ。お上手ですこと。ですが、あまりそういうことばかり言っていますと……おおごとになってしまうかもしれませんわ。女の嫉妬は恐ろしいものですから、お気をつけくださいな」

「心配してくださりありがとうございます、殿下。あなた様にそんなふうに言っていただけるなんて、わたしは幸せ者ですね」

ひゅう。

気のせいだろうか。室内に凍えた風が吹いた気がする。初春なので夜間は冷えるということもあり部屋は暖炉で暖められているのだが、おかしなことだ。

口元にクリーム色のレース扇子をあてるエリスフィーナはちゃんと笑っているはずなのに、その目が笑っていないのがまたシンシアの恐怖をあおった。

（グラディウス公爵閣下は、王妃殿下を怒らせる天才なんでしょうか……）

心の底からいらない才能だな、と思う。

シンシアはカートをカラカラと押しながら、そっとため息をついた。

ものすごく遠回しな言葉使いでギルベルトに嫌味を言っているエリスフィーナだが、見た目だけは本当に美しい女性なのだ。

シンシアのような癖毛を持っているのに、手入れをしているからかつやつや。金色の瞳も勝気で、全体的に強か（したた）な印象を相手に与える女性である。

気合を入れたのか、今日の姿もまばゆいほど美しい。

プラチナブロンドの髪は綺麗に巻かれ、薔薇と真珠をあしらったバレッタで留められている。華やかな薔薇色のドレスを着ており、その場にいるだけで周囲の視線が自然と惹きつけられるような存在だった。

そんな金髪美女と黒髪貴人が笑顔で睨（にら）み合っているのだから、社交界って恐ろしい。

さらに言うなら、リュファスの無表情も冴（さ）え渡っていた。

感情を一切排除した仮面のような無表情だ。

それを見たシンシアは、リュファスが「氷華の騎士」「女泣かせの鉄面皮」と呼ばれていることを思い出した。

（リラックスしたリュファス様ばかり見ていましたから忘れてましたけど、外にいるときはあんな感じなんですよね、存在感がすごいです……ただ、ちょっと不機嫌にも見えます。私がいない間に、一体何があったのでしょう？）

そんな三派閥の冷戦を見た他の客人たちは、顔を青くして震え上がっている。これから食事なのに大丈夫だろうかと、シンシアは心配になった。

シンシアは、向かい側にいるレイチェルに念を送ってみる。

（レイチェルさーん、何があったんですかー！）

しかしそんな努力も虚しく、レイチェルはささっと給仕をしていた。念は届かなかったようだ。

ちょっぴり残念に思いつつ、シンシアも他の使用人たちと手分けしてスープの皿を客の前に置く。

執事たちが全員のグラスに食前酒を注ぎ一品目の給仕が終わると、リュファスがグラスを掲げた。

「本日はわたしの正餐会に集まっていただきありがとう。心ゆくまで楽しんでいってほしい」

リュファスが乾杯、と声をかければ、他の参加者たちも乾杯と告げる。

そうして、正餐会は始まった。

シンシアは壁付近に佇みながら、食事をする貴族たちを眺める。

彼らは笑顔で談笑しながらも、隙あらば何かしようと駆け引きをしているように見えた。

ここで食器など落とそうものなら、即座につつかれることだろう。

そしてそれは、使用人も同じだ。

シンシアはマチルダの目配せによる指示に応じながら、料理をせっせと運んだ。

——動きがあったのは、コース料理も半ば過ぎたあたり。

カチャーンと、甲高い音がした。

「あ……」

フォークを落としたのは、モンレー伯爵夫人だ。推進派の派閥にいる、まだ年若い夫人である。

こういう場所に慣れていないのか、彼女は自身の失態に顔を青ざめさせた。

斜め横に座るモンレー伯爵はそんな妻を見て、唇を噛み締めている。

ここで下手に夫が助け舟を出すと、妻の立場が余計危うくなるのだ。モンレー伯爵夫人はまだ若いし、対立勢力の貴族からしたら格好の餌になる。

そんな妙齢女性のささやかな失態に、独占派の貴族が早速食らいついた。

「これはこれは……」

わざとらしく笑うのは、エインズワース侯爵だ。独占派の貴族で、土属性の二級魔術師である。ちょび髭（ひげ）と人を小馬鹿にした笑みが特徴的な、壮年の男性だった。

（派閥違いとはいえ、性格悪くありません……？）

こういう大人にだけはなりたくないな、とシンシアは密かに思った。それと同時に、あらかじめ用意しておいた予備のフォークを手に取る。

「し、失礼いたしました」

モンレー伯爵夫人が震えながら謝罪するのを聞いてから。

シンシアは早速、新しいフォークをモンレー伯爵夫人の手元に置いた。落ちたフォークを拾い頭を下げると、すぐさま壁と同化する。

可哀想（かわいそう）だが、メイドであるシンシアにできるのはこれくらいだった。

（頑張ってください……！）

心の中でひそかに、モンレー伯爵夫人にエールを送る。年が近いからか、妙な親近感を持ってしまったのだ。

しかしなぜだろうか。モンレー伯爵夫人の向かい側に座るエリスフィーナとギルベルトが、シンシアに対して視線を向けてくる。

これはもしかしなくとも、一目置かれた、ということなのだろうか。

（やーめーてーくーだーさーいー。特にグラディウス公爵閣下は、こっちを、見ないで、くだ、さい！）

素知らぬ顔をしつつ、シンシアは遠い目をする。

（早く終わりませんかね、これ）

デザートに到達したのは結局、正餐会から一時間半ほど経った頃だった。神は無情だ。

デザートを取りにキッチンに来たシンシアのテンションは、既にだいぶ壊れている。

「やったーやりましたーやりましたよーレイチェルさーん。終わります、終わり、ま、す！」

「落ち着いて、落ち着いて、シンシア……あわわわ……シ、シンシアがおかしくなっちゃった……」

レイチェルだけじゃなく、他の使用人たちにも「シンシアがおかしく……」「正餐会怖い」「だ、大丈夫か？　この後宴（うたげ）だから、それまで頑張れよ？　なあ？」とシンシアを心配してくる。

しかしこんなふうになることくらい許してほしい。じゃないとやっていられないのだ。

「なあ、レイチェル……シンシアに一体何が……」

「えーっと……ギルベルト様に遊ばれてる」

「え」

「ついでに言うなら、シンシアの細かいところに気を配れる性格が災いして、エリスフィーナ王妃殿下にまで一目置かれ出した」

「えっ。普段はものすごくありがたいのに」

「シンシアのおかげで、二度手間減ったもんな……」

「それが災いするなんて……シンシア可哀想……」

普段ならば大喜びするような褒め言葉なのだが、今日はまったく嬉しくない。

これも、全部全部正餐会のせいだ。

（いいですもん、いいですもん。最後はこの素晴らしいデザートですもん。皆さん絶対にいい反応してくださいますもん！）

やけくそになりながら、シンシアはデザートをのせたカートを押した。

最後の料理ということもあり、場の空気はだいぶ緩んでいる。

すっかりシンシアで遊ぶのが飽きたのか。ギルベルトが絡んでくる回数も減ったので、シンシアとしてはありがたかった。

リュファスの前にケーキを置くと、彼は口元をナプキンで拭っている。

『シンシア、あと少しだ。こらえてくれ』

そんなときだ。リュファスの声が、耳元に響いてきた。

それがつけていたピアスから聞こえてきたものだということに気づき、シンシアは体を覆っていた疲労が吹き飛ぶのを感じた。背中に羽根でも生えたような心地好さだ。

（お気遣いいただき、ありがとうございます。リュファス様）

胸にポッと光が灯るのを感じながら、シンシアは仕事を終えた。

ケーキを覆っていたクロッシュを取れば、夫人たちが感嘆の声を上げるのが見える。

（そうでしょう、そうでしょう）

シンシアは我がことのように嬉しくなった。

「今回のデザートは、我が家の料理人が作った創作菓子だ。白いほうをブリエ、黒いほうをフォンセ、という」

「なるほど……光の精霊女王と闇の精霊王を模して作ったのですね？　今まで見た中で、一番センスがよい菓子ですわ」

「ありがとうございます、王妃殿下。あなたにそのように言っていただけるとは思っていませんでしたので、大変嬉しく思います」

リュファスの説明を聞いて、貴族たちが色めき立つ。

そしてやはりというべきか。王妃はものすごく食いついてきた。

ギルベルトも感心したように頷く。

「可愛らしい菓子ですね。とても美味しそうです」

どれ。ギルベルトがそう呟き、ケーキを食べる。両方ともを一口ずつ食べた彼は、ふむふむと頷いていた。

「味の系統がまったく違うので、飽きがこないですね。美味しいです」

「そのあたりのバランスも考えられているのですね。わたくし、この菓子気に入りましたわ」

エリスフィーナもこくこく頷くのを見て、シンシアの胸に温かいものが流れ込んできた。

（色々ありましたけど……最後にすべて報われた気がします）

見れば、ケーキを食べた人は皆笑っていた。

派閥が違う者同士でも、ケーキの感想について話し合っている人もいる。それはシンシアにとっても幸せな空間だった。

——こうして正餐会は、よい空気を残したまま幕引きとなったのである。

＊

正餐会後の正餐室にて。

女性たちを応接間に通した正餐室はすっかり、男性だけの空間と化していた。

これは正餐会最後に行われる、歓談の場だ。使用人たちすら入れないこの空間では基本的に、酒やたばこといったものを嗜（たしな）みながら、主催者を中心として男性のみでしか語れない話をする。

それらは主に、政治や剣術、武術、また魔術についての話題だった。

そんな席にて。

主催者であるリュファスは、内心ため息をつきながらワイングラス片手に話を聞いていた。

右から左へ、興味のない話題が流れていく。かといって主催者であるリュファスがそれを聞かないわけにはいかず、それがより彼に精神的苦痛を与えていた。

また、ここでの会話が大抵、リュファスへの世辞や機嫌取りだということを、彼は知っている。

誰も彼も、リュファスを自分たちの陣営に引き入れたくて仕方がないのだ。唯一静観の姿勢を貫くのは、リュファスと同じ中立派の貴族たちだけである。

それでもリュファスがこの場から立ち去らないのは、彼が主催者だからというのと、こういった気の抜けた席だからこそ出てくる本音というものがあると知っているからだ。

特に男性たちは食後酒を飲むのだ。食後酒というのはブランデーやウイスキーといったアルコール度数が強く香りの高いものや甘めのカクテルを用意することが多い。

そしてリュファスはこれでも一応、酒客と知られている。そのため今回はアイスワインと呼ばれる、甘めのワインを用意していた。

酒が入れば、人の口はより一層軽くなる。そしてそういった場では、本音もより一層口をついて出やすくなるというものだ。情報収集にはもってこいである。

――しかし今回話題になったのは、なぜかシンシアのことだった。

「いやぁ、新しく入ったメイド！　彼女は本当に機転が利いて、素晴らしいですね！」

アイスワインを傾けながら。ギルベルトが上機嫌でそう言う。

それに続く形で皆が口々にシンシアを褒めるのを、リュファスは不快な気持ちで聞いていた。くるくると回していたグラスを持ち上げ、口にする。果物本来の濃厚な甘みと酸味、そして遅れて香りがやってきたが、いつものように楽しめない。むしろワインの甘みが舌にこびりつき、不快感をあおった。

それは、この場の空気が決して、楽しいものではないからだろう。

本来ならば使用人を褒めるということは、その主人であるリュファスを褒めることと同義である。なので普段ならば気にならない。

しかし今回話題に上ったのは、他でもないシンシアだった。それがどうしてか、リュファスの癇に障る。

それはおそらく、話題を提供した人物がギルベルトだったからだろう。

何よりギルベルトはシンシアに対して、よくわからない興味を抱いていた。

リュファスが下手に口を出すと揚げ足を取られるため、多少の注意しかできていないが、あのギルベルトが珍しいとリュファスは思う。

ギルベルトが、一人の女性に対して固執したことは、今までなかった。

まるで遊んでいるようだと思うが、それがシンシアだということに苛立ちを覚える。彼女は、ギルベルトの欲求を満たすための玩具ではないのだから。

確かにシンシアはあの中でも珍しい存在だが……それを使ってわたしのことを持ち上げるのは、気に食わない。

だってそれはシンシア本人を讃えているわけではなく、シンシアを使ってリュファスを褒め讃えたいだけだから。

……ああ、そうか。わたしは、あの素晴らしいシンシアを、口実に使われたのが気に食わないのだな。

そう思っている間にも、話はさらに盛り上がる。

「あのような使用人を雇われるとは、さすがジルベール卿です！　見る目がおありで！」

「それに、ジルベール邸の使用人たちは大変質が高い！　それもひとえに、主人であられるジルベール卿の指導によるものでしょうな！」

「……そのようなことはない。すべて使用人たち自らの努力と実力によるものだ」

「また、ご謙遜を！」

シンシアの話題から始まり、使用人たちを称賛しつつ、リュファスのことを持ち上げる会話が続く。

すると、ギルベルトがにこりと微笑んだ。

「ジルベール卿。もしよろしければ、あの使用人をわたしにお譲りいただけないでしょうか？」

は？　と。

声に出そうになるのを、リュファスはすんでのところでこらえた。しかしこみ上げてくる怒りはふつふつと、リュファスの中で湧き上がっていく。

そんなことすら知らず、ギルベルトはリュファスを見つめた。漆黒の瞳が、まるで影のようにリュファスのことを捉える。

「優秀な使用人が欲しかったところなのです。彼女であれば、わたしとしても満足できます。気遣いがお上手なようですから。給金であれば、今の二倍……いえ、五倍は出しますし。どうかお話を通してはいただけませんか？」

「……それを決めるのは彼女だ。わたしではない。……それに」

「はい？」

「彼女は我が邸宅の使用人だが、わたしの所有物ではない」

だからその言い方はやめろ、と。言外できつめに咎めれば、さすがのギルベルトも口をつぐんだ。

場の状況があまりよくないことを察したのか、ギルベルトはそれから当たり障りのない政治の話をし始め、周囲もそれに乗っかる。

それに苛立ちを覚えながら。リュファスは、密かに唇を噛んだ。

今のリュファスがシンシアのためにできることが、たったこれだけだということがひどく妬ましい。しかしこの程度の発言しかできないのは、それが最善だと今までの経験から思っているからだ。

実際、推進派も独占派も、リュファスがたった一言発言しただけで、まるで一〇発言したかのような口ぶりで周りにあることないことを吹聴する。

そしてそのせいで、国王——兄を苦しめることになるというのは、リュファスは痛いほどわかっている。

だから、リュファスは何も言えない。ただ黙っているだけ。行きすぎれば注意をし、しかしただそれだけ。

だが。

『はい。仲よくなるために必要な、ぶつかり合い……と言いますか。なので、必要なことなのです！』

ふと、シンシアが言っていた言葉が頭をかすめる。

わたしにも……他人とぶつかり合える覚悟があれば、この地獄から脱却できるのだろうか。

そう思いながら。

リュファスはただ手元のアイスワインをあおり、一分一秒でも早くこの時間が過ぎることを願ったのだった——

＊

正餐会後、シンシアは水差しとグラス、そして自分で焼いたクッキーをトレーにのせリュファスの部屋に来ていた。

（他の使用人たちは皆、使用人屋敷のほうで楽しんでますから鉢合わせすることはなし、と。……リュファス様は結構、お酒を飲んでいましたが、大丈夫でしょうか）

デザートを食べ終えた後、数十分ほど男性だけでお酒を嗜む時間があったのだ。

使用人ですら締め出されるため中で何があったかは知らないが、かなりの量のアイスワインが減っていたので気になった。

いくらリュファスが酒客だからといって、飲みすぎるのはよくない。そのためシンシアは水を携え、解放感に浸る他の使用人たちの輪から抜け出してきた。

クッキーは、なんてことはない普通のバタークッキーだ。正餐会の準備をしていた合間に、使用人屋敷のほうにあるキッチンを借りて作った。

後日ちゃんとケーキは買うが、正餐会が終わった当日だからこそ何か甘いものが食べたくなるだろう。シンシアなりの配慮だ。

（私が作れるのは平凡なクッキーなので、お店の美味しいクッキーを食べてきたリュファス様のお口に合わない可能性もありますが……こういうのは、気持ちが大事ですからね！　それにリュファス様ですから、きっと大丈夫なはずです！）

自分を励ましてはみたものの、不安は抜けない。シンシアはクッキーをじっと見つめた。

一つつまみ上げ、口に含む。

「……うん、普通に美味しいです。我が家の味ですね。だからこそ、不安です……」

そんな気持ちになりながらノックをすれば、中からぼんやりとした返事が返ってきた。

入れば、リュファスは正餐会のときの姿のまま長椅子に座っている。

その視線が焦点を結んでいないことに気づいたシンシアは、慌てて駆け寄った。

テーブルにトレーをのせてから、床に膝をつき水差しから水を注ぐ。

「……リュファス様」

「……シンシアか」

「はい。お水を持ってきましたので、どうぞお飲みください。酔いが多少なりとも醒めるかと思います」

「そうか……ありがとう」

グラスを差し出せば、リュファスは素直に受け取る。

リュファスが水を一杯飲み切るのを見届けてから、シンシアは「執事長を呼んだほうがいいでしょうか?」と首をかしげた。

(執事長は確か、お酒を飲んでいませんでしたし……普段から、リュファス様のお世話をなさっていますし……私がこの場にいるよりも、執事長のほうがよさそうですね)

そう思い立ち上がれば、リュファスが腕を摑んできた。

「どこへ行くんだ、シンシア」

「執事長を呼んできますので、ご入浴なさってからお眠りください、リュファス様。お疲れでしょう」

「……いや、まだいい。もう少し、ここにいてくれ」

「……わかりました」

酔っ払っている割には受け答えもしっかりしているし、大丈夫だろう。

そう判断したシンシアだったが、リュファスのとなりに座らされた瞬間考えを改めた。

（ダメですこれ。完全に酔っ払っています）

そう思った矢先、なんと。

リュファスがこてんと、シンシアの肩に頭を乗せてきたのだ。思わず肩に力が入る。

しかしリュファスがあまりにも穏やかな顔をしているため、毒気を抜かれてしまった。

肩の力を抜いたシンシアは、諦めて大人しく座ることにする。

「……今日の正餐会は、シンシアのおかげでうまくいった。ありがとう」

するとリュファスはポツリと、そんなことを言った。

「私など、大したことはしていませんよ。形にしたのはリュファス様です」

「だが、君がいたおかげで、均衡がなんとか保てていた場面もあった」

「……モンレー伯爵夫人が、フォークを落としたときでしょうか？　あれは、給仕係として当然のことをしただけです」

あそこでシンシアが動かなかったら、他の使用人が動いていたはずだ。だって動かなければ、リュファスの不評に繋がるからだ。シンシアはちょっと動くのが早かっただけ。

なのにリュファスは、シンシアのことを褒めてくれる。

「その当然のことを素早くしてくれたから、そこまでことが荒立たずに済んだんだ。……その気配りが、グラディウス卿の目を余計に引いたのが癪（しゃく）だが」

（あー……すっごく見られてましたね、そういえば）

どうやらリュファスも、ギルベルトの様子を見ていたらしい。

あれは誰でも気になりますよね、とシンシアは頷いた。

リュファスは苦々しい顔をして呻く。

「正餐会が終わった後にあった酒の席でも、君の話題を何度も口にして……鬱陶しいことこの上ない」

「え」

「うるさいから、適当に酒を飲みながらやり過ごしていた」

（何しているんですか、あの方）

シンシアは思わず半眼になった。男性しかいない酒の席で、なぜシンシアの話題を口にする。

リュファスがこんなにも不機嫌になるというのだから、相当しつこかったのだろう。お酒が入っていたせいで無駄に絡まれたのかもしれない。

あのギルベルトが数割増しひどくなって絡んでくるとか、地獄だろうか。シンシアは本気でリュファスに同情した。

が、リュファスはシンシアの予想とは別のことを口にする。

「……シンシア、君は、グラディウス卿の屋敷のほうがいいか？」

（んん？　なぜそのような話に？）

ギルベルトの顔を思い出したら、寒気がしてきた。

ギルベルトの屋敷で働き始めたら、今よりもっと絡まれるか、飽きて放置されるかの二択だろう。ギルベルトの屋敷の使用人たちとの関係がうまくいくとも限らない。考えただけで恐ろしい、未知の領域だ。

シンシアは若干強めに、首を横に振った。

「リュファス様のお屋敷で働いているほうが、何倍も楽しいです」

「……今の給料の五倍出すと言われてもか？」

「お給料の額は大変魅力的ではありますが……それよりもやはり、リュファス様とケーキの話をしたり、ナンシーさんやレイチェルさんとおしゃべりしたり、他の使用人の方々とご飯を食べたりするほうが楽しいと思います。……それに私、グラディウス公爵閣下は苦手ですので、遠慮したいといいますか」

毎日あの貴人に会うのは、ちょっと遠慮したい。ポジティブ精神旺盛なシンシアも、さすがに心が折れそうだ。

「……苦手？　あのグラディウス卿を？」

「そんなに不思議でしょうか？」

「ああ。なんだかんだ言ってグラディウス卿は、令嬢や夫人たちに人気だからな。義姉上は、毛嫌いしているが」

「あー確かに、女性のことを慮る紳士的な態度を取る方ですからね……」

が、シンシアの意見としては逆だ。

「態度こそ紳士的ですが、あの方は別に女性のことが好きではないと思いますよ。むしろかなあと」

女性を見下すタイプだと思います。私の予想では、打算的でかなり狡猾な方なのではない

あんな見た目をしていても、ギルベルトは独占派のトップだ。思考が偏っていても不思議ではないだろう。

女性を派閥に引き込むために、わざと女好きのふりをしている、と言われても違和感がない人物だ。マチルダの冊子にも「独占派には未亡人が入っている割合が多い」と記載されていたし、あながち間違いでもないと思う。

シンシアはナンシーから「中途半端に魔術が扱える女は嫁ぎ先が見つからなくなる」という話を聞いている。

男性主体が基本の貴族社会で、魔術を独占したいと思っている輩なら、女を見下していてもおかしくないと思ったのだ。

（女なんてころっと落ちるから楽とか思ってそうです。偏見ですが）

でも、女性貴族にもスポットがあてられ、権利を獲得し始めているのが現在の状況だ。今のうちから集めておいて損はないし、女性の情報収集能力の高さを買っているのかもしれない。

そういう意味では、ギルベルトは公平な人かもしれないなとシンシアは思った。

「……わかるのか？」

「わかるといいますか……予想ですけどね。断言はしません。ちょっと分析してみただけ

ですよ」

「……驚いた。義姉上と同じことを言うのだな」

(あー。なら、合っている面も多いのかもしれませんね。それにしても、エリスフィーナ王妃殿下も同じ気持ちでいたとは……殿下があんなにもグラディウス公爵閣下を毛嫌いする理由が、わかったような気がします)

女性が活躍できる場を作るために活躍しているのは、エリスフィーナという女性なのだ。貴族令嬢が学園に通えるようになったのも、彼女の尽力があったからこそだという。

その成果を横から奪われるのは、エリスフィーナとしても面白くないはずだ。

(グラディウス公爵閣下ですから、わざとやっている可能性も高いですけどね?)

ほんと性格悪いなと思う。エリスフィーナの逆鱗(げきりん)に触れないギリギリの線を攻めているのがまた、いやらしいと思った。

そういったことを簡単に説明すれば、リュファスが目を丸くする。それが新鮮で、シンシアはくすりと笑った。

「本当に紳士的な方は、いくら気になる人がいても、公衆の面前で声をかけたりなんてしませんよ。それって、相手を晒(さら)し者にする行為だと思いませんか?」

「確かに、そうだな。本当に気になるなら、相手に気を使うのが普通だ」

(そうです。たとえば、私のことを気にかけつつ、周りにばれないように根回しをしてくださったリュファス様みたいに)

こう考えると、リュファスは本当にシンシアに配慮してくれていることに気づいて、心臓がまた大きく高鳴った。

それを誤魔化すために、シンシアは口を開く。

「はい。自身の行動が他人に与える影響を、グラディウス公爵閣下はよく理解しているはずです。なら、会う場所は人目に付かないところとか、話すときはリュファス様がくださったピアスのようなものを渡して、ひそかに連絡を取り合うのがいいと思うのです。グラディウス公爵閣下は魔術師ですし。そういった配慮もしつつ協力者を募り、自分たちの関係を認めさせるとか、グラディウス公爵閣下はやりそうです」

そう言えば、リュファスが一瞬顔をしかめた気がした。

あれ？　とシンシアが思ったが、すぐにいつもの無表情（ポーカーフェイス）に戻ってしまう。

見間違いだったのでしょうかと考えていると、リュファスが低い声で呟いた。

「……つまりグラディウス卿は、新顔の君を辱めるためにわざと、あんなことをしたと？」

「あり得なくはないと思います。というか、そうです。絶対にそうです」

「そう、か……本当にそうならいいのだが」

使用人のことを心配してくれるなんて優しいな、とシンシアはほのぼのする。

（やっぱり、お仕えするならリュファス様のほうがいいです）

あんな、腹にどろどろしたものを抱えていそうな貴人より全然いい。

リュファスのよいところは、その人のよさを隠し切れていないところだとシンシアは感じていた。

「なんとか乗り切れて、本当によかったです」

「そうだな……初めのほうはともかく、義姉上も後半にいくにつれて機嫌がよくなっていったし、今度会ったとき小言を言われないで済みそうだ」

「エリスフィーナ王妃殿下は……なんていうかその、強烈な方ですね」

ギルベルト相手に、まったく引く気がないプラチナブロンドの美女を思い出し、シンシアはそう言う。

微妙な顔をしているシンシアに何を思ったのか、リュファスは少しだけ笑った。

「そうだな。でも……兄上の妻になる人だから、あれくらいがちょうどよいんだと思う。国王になっても兄上を叱ってくれる人なんて、義姉上くらいだから……」

「王妃殿下、国王陛下のことを叱るのですね」

「ああ。兄上は、義姉上に叱られたら反省するし、国王である兄上のことを叱れる人は少ないから、ありがたいと思っている。わたしにはできないから」

「……リュファス様は本当に、家族思いなのですね」

言葉の端々から、リュファスが家族を大切にしたいと思っていることが窺えた。特に国王である兄のことを語るとき、尊敬しているような、そんな響きが聞こえてくる。

「……兄上は、わたしよりもすごいんだ。この人が国王になるべきだと、昔から思っていた……魔術しか兄上より優れている点がないわたしなど、到底及ぶまい。だから邪魔だけはしたくなかったのに……わたしにできたことは、できるかぎり人と距離を置くという、子どもだましだけだった。誰に対しても笑わないとかな」

「……もしかして、リュファス様に『笑わない貴公子』といった呼び名がついたのは……」

「ああ。そのせいだな」

リュファスは目を閉じて、ぽつりぽつりと語る。

――リュファスがまだ幼かった頃、彼は普通に笑える子どもだったそうだ。同世代の女性に対しても、優しく笑いかけていたらしい。

それが変わったのは、周囲が「リュファスに笑みを向けられたから、わたしがリュファスの婚約者にふさわしい」と争い始めたあたりだ。

「それだけならよかったんだが……わたしが全種族の精霊から加護を受け、どの魔術も一級クラスを使えることがわかってから、何もかもがおかしくなってしまった。派閥同士の争いに発展し、わたしを国王にと推す者たちが増えたんだ」

「……だから、笑うのをやめたのですか？」

「不器用だろう？　グラディウス卿のようにうまく立ち回れたらよかったんだが、わたしはそこまで器用ではなかった」

「それは、リュファス様のせいではありませんよ……！」

シンシアは強く否定したが、リュファスは無言で首を横に振るだけ。どうやら、かなり責任を感じているようだった。顔色も青いし、表情もこわばっている。

シンシアが何より恐怖を感じたのは、そのざくろ色の瞳が光を宿していないことだ。生気を感じさせない瞳に、シンシアの気持ちも焦る。

（な、何か、空気を変えられるものはないでしょうか……っ）

視線だけをあちこちにさまよわせていたシンシアは、テーブルの上に置いてあったクッキーに目をつけた。

（そうです、クッキー！　ネガティブになったときはおなかが空いていることが多いですから、何か食べたら気分も変わるかもしれません！）

クッキーをがばりと掴んだシンシアは、リュファスの口元にクッキーを突きつけた。

「リュファス様！　クッキーを焼いてきたので、食べましょう！」

「え……」

「食べましょう!!」

泣きたくなる気持ちをこらえながらクッキーを押しつけば、リュファスはおずおずといった様子でクッキーを口に含む。彼が咀嚼するのを、シンシアはじっと見つめた。

「……美味しい」

「ほ、本当ですかっ？」

「ああ。優しい味がする」

「そうですか、よかった……」

リュファスが美味しいと言ってくれたこともそうだが、彼の表情が和らいだことにもほっとした。今にも消えてしまいそうな、真っ青な顔をしていたのだ。

（ですが、今は笑みも浮かんでますし……無理矢理ですが、リュファス様の気持ちを変えることができたようです）

　シンシアの努力は無駄にならなかったようだ。

　そのついでに、話も大きく変えることにする。

「国王陛下は、リュファス様にとってとてもよいお兄様なのですね。うちのお兄様とは大違いです」

「……シンシアの兄上は、どんな人だ？」

　シンシアの強引な話の転換に、リュファスは乗ってくれるようだ。

　シンシアは家族のことを思い浮かべながら、唇を開く。

「そう、ですね……マイペースで、オンオフの差が激しい人です。ですけど……私のことはすごく可愛がってくれます。ダメなところはたくさんありますけどね」

「そうか……仲がよいのだな」

「二人きりの兄妹ですからね。貧乏ですから、せめて家族仲くらいよくしたいなって」

　リュファスが、きつく瞼をつむる。

「……シンシアのように、わたしももっと、兄上と仲よくできたら……」

　ぽつりと呟かれた言葉は、感情を表に出さないリュファスの確かな本音だった。

　だからだろうか。シンシアの胸につきりと刺さり、痛み出す。喉元に刺さった魚の小骨

のように、痛みは胸に残り続けた。

「……派閥なんて、なくなってしまえばいいですね」

「ああ……なくしてみせる」

（ああ……この方は……やはり、王弟殿下なのですね）

リュファスは、シンシアのように他人事ではなく、自分が変えてみせると言った。今自分の身に起きていることに、ちゃんと向き合おうとしているのだ。それは、リュファスが毎年正餐会を開いたり、催し物に参加したりしていることからもわかる。

主人とメイド。

王弟と貧乏伯爵令嬢。

その差は歴然で、こんなにも近くにいるのに遠い存在のように感じてしまう。

しかしそれが現実だった。

その事実に耐えきれなくなったシンシアは、長椅子から立ち上がった。

「もうこんな時間ですか。執事長を呼んできますから、今日はゆっくりお休みください。クッキー置いておきますので、よかったら食べてくださいね。……おやすみなさい、リュファス様」

「……ああ、おやすみ、シンシア」

ぺこりと頭を下げ部屋を出ていくと、胸が再びつきりと痛む。同時に、リュファスの姿が眩しいとも思った。

（できることなら私も、リュファス様のようになりたいです）

キラキラしたものに憧れてしまうのが、シンシアだった。

シンシアがリュファスのようになるためには、リュファスよりもっと努力しなくてはならないし、障害もたくさんある。

それでもシンシアは、憧れた。

（そのときは……今回みたいに逃げずに、リュファス様を支えられるようになったらな、なんて……思ったり）

なーんてね。

そう笑いながら、シンシアは一度振り向いた。

「……リュファス様を見習って、私ももう少し頑張ってみますか」

まずは借金返済から。

そう呟き、シンシアは使用人屋敷へと足早に急いだのだった。

間章　騎士公爵のささやかな幸福

シンシア・オルコット。

彼女は、よい意味で貴族令嬢らしくない不思議な女性だ。少なくとも、リュファスはそう思っている。

そんな彼女と今も継続してお茶をし続けているのは——どうしようもないくらい楽しいからだった。


今日は、正餐会が終わってから初めての休暇だ。

朝から天気もよい。既に日はだいぶ上り、てっぺんを少し過ぎた辺りに到達していた。

きっと今日は、シンシアがあの日の約束通り朝からケーキを買いに走ったことだろう。

そんな彼女の姿を思い浮かべると、申し訳ないという気持ち以上に嬉しいと感じてしまうのだ。

執務机の椅子に腰掛けながら、リュファスはふと過去のことを思い出した。

「……シンシアをメイドとして雇った後、あれだけ後悔したのにな」

ぽつりと呟き、リュファスは笑みをこぼす。それは本当に、ついうっかり溢れた微笑みだった。

シンシアが帰ってくるまでの間、リュファスは過去に想いを馳せる。

――シンシアに声をかけたこと。また、彼女を雇ったこと。それはリュファスにとって、想定外の出来事だった。

提案したのはリュファス自身なので、何を言っているのかと思うだろう。しかし普段のリュファスからしてみたら、とても激情的な行動だったのだ。

だから後から冷静になったとき、王弟らしからぬ行動をした自分の愚かさに気づき後悔した。だが今更雇わないという選択はないと、リュファスはわかっている。王族であり魔術師だからか。彼は自分の発した言葉の重さというものを、最重要視していたのだ。

シンシアがやってくる前日まで、眠れないほど悩んでいたと言ったら笑われるだろうか。

雇いたてのシンシアに対して距離を取ってしまったのも、自身の愚かさに対する気まずさからだった。

そう。あの日の行動は、普段のリュファスなら絶対に起こさないあり得ないものだったのだ。兄である国王の迷惑にならないように自分を律してきた彼であれば、名前こそ知っていたが調査をする前に出会った貴族令嬢を雇い入れるなんていうことはしなかったであろう。

「なんだかんだ言って、わたしも王家の血を引いていたんだな……」

リュファスは思わず、兄である国王を思い出した。

父である前国王もそうだったが、彼らは何かと突飛な行動を取りリュファスや王妃、また周囲の人間を驚かせていた。

しかしこちら側にとってわけのわからないことでも、事が起きてみると大抵うまくいく。

王家の血に流れる特別な感覚なのだろうか。きっと特殊な直感が備わっているのだと思う。

それはリュファスにはない感覚だった。

リュファスが王家から早々に去ろうと思ったのには、そういった理由もあった。疎外感があったのだ。

だが、今なら父や兄がどんな気持ちで行動していたのかがよくわかる。

今回リュファスがシンシアを雇ったのは、きっとその直感が働いたのだろうから。

あの日の自分に、よくやったと言ってやりたいものだ。

リュファスははやる気持ちを抑えたまま立ち上がり、二人分のお茶を用意し始めた。

コンコンコンコン。

ノックが四回。

こんな時間に、正式なノックをするのなんて一人しかいない。

それを聞き、ふわふわと漂っていたリュファスの意識が浮上する。

『リュファス様、シンシアです。入ってもよろしいでしょうか？』

控えめながらもはっきりとした口調で入室許可を求めてくるシンシアに、リュファスは一言許可を出した。

すると、いつもより数割り増しで楽しそうなシンシアが、箱を抱え入ってきた。

箱の数は二つ。小さめのものと、背の高く大きなものが一つだ。

……二つ？

「パティスリーロマンティエのショートケーキ、ちゃんと確保できましたよ！　今お茶淹れますね！　……ってあれ、お茶の用意がもうできていますね……」

「ああ、用意しておいた」

「……リュファス様って……い、いえ、なんでもありません」

口をつぐみつつ、シンシアがケーキの入った箱を次々開ける。

そこから登場したのは、二つのショートケーキと――小さなシュークリームを積み上げたお菓子。

「……それはクロカンブッシュか？」

「はいっ！　パティスリーロマンティエに行ったら売っておりまして……一目惚れしてしまいました。正餐会が終わったお祝いにと思いまして……あ、これはわたしのお金で買ったものですので！」

「……そんなこと、気にしなくてもいい。君が買いたいと思ったのだろう？　それなら、わたしも食べたいからな」

「ち、違うんです！　これは私が買って、私がお金を払って、それをリュファス様と食べるからこそ価値があるものなんですっ！」

「そう、か。なら……ありがたくいただこう」

シンシアがあまりにも必死な顔をして言うので、リュファスは笑いを噛み殺しながら頷いた。

確かに、クロカンブッシュはお祝いのときによく食べられるお菓子だ。地域によって傾向は違うが、誕生祝いやパーティー、結婚式などでも食べられる。一番多いのはやはり結婚式だろう。

しかしシンシアは、なぜ結婚式でよく食べられるのかわかっているのだろうか。

きっと知らないのだろうな。一目惚れしたと言っていたし。

子孫繁栄を願う目的で作られた菓子だと言えば、シンシアはどんな顔を見せてくれるのだろうか。自分よりもずっと表情豊かで、気遣い上手な彼女が焦る姿を想像してみる。

それがまたおかしくて、リュファスはそっと口をつぐんだ。リュファスに他人をいじる趣味はないが、シンシアに対してだけはどうにも悪戯心が湧いてしまうようだ。

同時に、話していても何も変わらない態度に安堵する。

正餐会の後に、わたしの暗い過去を話したばかりだったからな……彼女が気にしないか、それだけが心配だった。

かなり酒を飲んでいたが、リュファスにはしっかりとあの夜の記憶が残っている。

あれから一週間、すれ違っても何も変わらない態度で挨拶をしてくれていたが、それでも心配だったのだ。

見知らぬ令嬢になら幾らでも嫌われていいが、シンシアにだけは嫌われたくなかった。

シンシアがせっせとケーキを皿に盛り、センターにクロカンブッシュを置いたり、とテーブルセッティングを進める。その向かい側に腰掛け、リュファスは彼女の顔を見つめた。

何度見ても、平凡な女性だ。失礼だがそう思う。

だけど、話をしていると不思議と和み、笑顔を見ると心が温かくなる。そんな女性だった。苦労も多かったろうになぜそんなふうにできるのか、後ろ向きな気持ちになることが多いリュファスには理解できない。

だからだろうか。そこにどうしようもないくらい惹かれた。

すると、リュファスの視線に気づいたシンシアがきょとんと目を丸くする。

「えっと、リュファス様。私の顔に、何かついていますか？」

「いや、いつも通りだ」

「そ、そうですか。ならよかったです。……用意ができましたので、いただきましょうか」

「ああ」

食前の祈りを捧げ、フォークでケーキを刺しながら、リュファスはシンシアの顔を盗み見た。

するとぱくりと、シンシアがショートケーキを口に含む。

瞬間、彼女の顔がとろけそうなほど甘く緩んだ。

リュファスは跳ねる心臓を抑えつけ、口元が緩むのを必死でこらえる。

可愛い。ただひたすらに可愛い。

本人はまったく気づいていないようだが、シンシアの表情は今まで見たどんな美女の笑みよりも可愛らしく魅力的に映った。

頬を緩めたまま、シンシアは感動を口にする。

「美味しい……美味しすぎます……口の中で溶けて消えてしまったのですがっ」

「本当にな」

「もしやこれが雲……？　と思ってしまう程度に、口の中から消えていきましたよ……」

シンシアの言う通り、パティスリーロマンティエのショートケーキはとても軽かった。生地もそうだが、生クリームがとても軽い。そのためか、とてもさらっとした口当たりをしているのだ。

いちごは、どうやら小さなタネの部分についているうぶ毛を取っているらしい。それもあり、余計に口当たりが軽やかなのだろうとリュファスは結論づけた。

なぜそう思ったのかというと、義姉であるエリスティーナが雇っている専属菓子職人が、そこまで気を配っている職人だったからだ。ついでに言うと、そういった知識はエリスティーナが教えてくれた。

そこを指摘すれば、シンシアが目を輝かせてリュファスを見てくる。

「ショートケーキ、奥が深すぎます……！」

そんなふうに言ってもらえたら、菓子職人のほうも嬉しいだろう。一度、シンシアと王宮専属菓子職人を会わせてみたいなと思ってしまった。

ショートケーキが終われば、クロカンブッシュだ。

シンシアはあっという間に平らげてしまったショートケーキを名残惜しそうに見つめていたが、クロカンブッシュに手を付けると一変、目を丸くする。

「シュー生地がサクサクしています」

「ん？　……ああ、どうやら、三種類のシュー生地が混ざっているみたいだな。一つ目が普通のシュー生地、二つ目がクッキーシュー、三つ目がクッキーシューの上に砕いたナッツをのせているみたいだ。シンシアが食べたのは、二つ目だな」

「三種類です⁉　一つのお菓子を買って、三種類の生地を楽しめるなんて、お得すぎませんかクロカンブッシュ……！」

シンシアが感動しながら、他のシュー生地のプチシューをフォークで刺し頬張る。

すると、シンシアがぷるぷると震え出した。

「リュ、リュファス様……中のクリームの味まで違います……！」

早く、早く食べてください！　と急かすシンシアに押されリュファスも食べたが、なるほど。確かに違った。シュー生地だけでなく中のクリームまで変えたクロカンブッシュを食べたのは、リュファスも初めてだ。

普通のシューにはピスタチオクリーム、クッキーシューにはいちごクリーム、クッキーシューとナッツをちりばめたシューには、カスタードクリームが使われていた。

緑色、ピンク色、卵色と、クリームの色だけとっても華やかだ。もしかして春を演出しているのでは？　とリュファスが思うと同時に、シンシアも同じことを考えたらしい。

「……ハッ。確か商品名は、プランタンでした……まさか、この色で春を⁉」

「そうだろうな」

緑、ピンク、黄色というのは、春を表す代表的な色だ。季節色というのはファッションに使われるイメージが強いが、こういった菓子でも同様に活用される。

しかしこういった、口にして初めてわかる、といったたぐいのものに出会ったのは初めてで、リュファスは感心した。

「どこの菓子職人も、色々と考えるものだ。味のバランスもいいし……これはいいな」

「そうですそうです！　ピスタチオクリームが香ばしさ、いちごクリームが甘酸っぱさ、そしてカスタードクリームが濃厚さを持っていて、ついついぱくぱく口に入れてしまいそうになるんです！」

そう言いながらも、一つ一つ噛み締めて食べているシンシアが、またおかしかった。どんなにこらえようと思っても笑みがこぼれてしまうあたり、やはりシンシアは何か特殊な魔法を使っているのではないだろうかと思ってしまう。

本当に、こんなにも穏やかな気持ちで日々を過ごすのは、いつぶりだろうか。

物心つく頃から周囲の顔色を窺いつつ生きていたリュファスにとって、シンシアと過ごすお茶の時間はかけがえのないものになっていた。

彼女の雰囲気や態度のお陰で、リュファスはとても穏やかな気持ちでいられる。

まるでお菓子のようだと、リュファスは思った。

そう。リュファスにとってシンシアは、お菓子のような存在だった。苦しくつらい日常を乗り越えた先にある、わずかな逃避先なのだ。

それだけでも、リュファスにとっては十二分に貴重なことなのに。

シンシアとお菓子を食べると、一人で食べていたときの何倍も気持ちが和らぐ。

この感覚は一体、なんなのだろうか。

そう思い、この心地好さの正体を探ろうとしたとき、シンシアが軽やかな口調でリュファスに告げた。

「ほらほら、リュファス様も食べてください。半分こですからね。どうやら二〇個あるようなので、一〇個ずつです。……一〇個分の幸せが噛み締められるなんて……クロカンブッシュ、素敵なお菓子ですね」

「……ああ、そうだな。また今度食べよう」

「はい！」

シンシアが満面の笑みを浮かべるのを見て、リュファスは目を細める。

本当に、シンシアにあの日声をかけてよかったと、リュファスは思った。この心地好さの正体が一体なんであれ、それだけは変わらない。

それと同じくらい、この優しい日々が長く続けばいいと思う。
シンシアにとって一番いいのは、借金を返済して領地に帰ることだ。それはわかってい
る。だからリュファスが考えていることは、彼女にとっては迷惑でしかないのだろう。
リュファス自身も、自分の考えが傲慢だということはわかる。今彼が考えていることは、
シンシアが不幸であり続けることを望むようなものだったから。
しかし願わずにはいられなかった。

——シンシアと過ごすこの日々が、これからも続きますように、と。

四章　新米メイド、休暇を謳歌する

　正餐会から二週間が経った。

　忙しなかった日々がようやく落ち着きを取り戻し、普段通りの日常がやってくる。そう思っていたのだが。

　――シンシアは今王都を離れ、モンレー伯爵領の町、ロンディルスに来ていた。

「ふおお……ここが、パイ発祥の町と言われているロンディルスですか……」

　馬車の窓から見える光景を見つめながら、シンシアは感動する。

　ロンディルスは、王都ほどではないが活気に溢れた町だった。

　町全体がクリーム色の壁とこげ茶の屋根の家で統一されており、どことなく可愛らしい。大通りに続く脇道には市場がいくつも展開されており、威勢のいい声が聞こえてきた。

　色々な匂いがしてくるからか、シンシアのおなかも空いてくる。

　領民たちも皆よい顔をしているし、モンレー伯爵はよい領主なのだろう。そう思わせてくれる雰囲気が、ロンディルスにはあった。

「馬車の中にいるのに、バターの香りがしますよ……！　なんですか、この幸せな空間は……っ！」

　そんなシンシアを見て、ナンシーとレイチェルは笑った。

「シンシア、食いつきすぎ。それと、カーテンはあんまり開けないで。外からの視線が痛いから」

「そうだよー。一応リュファス様のお仕事の付き添いで来てるんだからね？　……まぁ実際は、給仕係頑張ったご褒美も兼ねてるんだけど」

「はーい」

そう。シンシアたちは今、リュファスの仕事――『魔物を討伐するための遠征』、その付き添いとして、ロンディルスに来ているのだ。

魔物とは、ランタール王国で災害として扱われている存在のことだ。

溜(た)まった瘴気(しょうき)が一定数集まったことで実体化するのだが、それが溜まる場所は大体決まっている。瘴気を吸いすぎた魔物は巨大化し危険度が上がるので、大きくなる前に討伐したほうがよいとされていた。

そしてリュファスがいる王国騎士団が抱える職務の中には、国防とは別に魔物の討伐というものがある。

魔物の出現が多くないのであれば、各領を守護している駐在騎士団や、領主自らが集めた私的騎士団だけで済むのだが、周期的に増えてしまうことがあるのだ。そうなると領地在住の騎士団だけでは被害を抑えられないため、王国騎士団が駆り出される。

それを観測し、国に知らせているのが魔物観測所だ。魔物観測所は各地に点在しているため、魔物が増えすぎる前に対処することができている。今回も平均的に見て多いので、念のためにリュファス率いる魔術小隊がやってきたのだった。

そのため、付き添いの使用人たちにもこれといった危険はない。だからこそ使用人たちの間では、ご褒美として扱われているのだとか。

ドレスもよそ行きの少しおしゃれなものが着られるので、いい気分転換になるんだそう。

シンシアはあまりドレスを持っていないのであれだが、ナンシーとレイチェルは色々なドレスを持ってきていた。

シンシアをたしなめてこそいたが、二人も遠征付き添いという名の旅行を楽しみにしていたのだろう。その証拠に、二人の荷物が一番多かった。女性の旅行は、荷物が増えるものなのだ。

行き先がパイ発祥の地だったこともあり、シンシアの期待もかなり上がっている。それは、馬車に乗っている今もぐんぐん上がり続けていた。

（パイ……パイはやっぱり焼きたてですねえ……ああ、馬車の中にいるのにいい香りがします……！）

馬車に揺られながら、シンシアは嬉しさのあまり表情を緩める。

ロンディルスは、王都から馬車で四、五日かかる距離にある朗らかな場所だ。

牧場地が近くにあり、新鮮なバターや牛乳、卵などを使った料理が美味しいという。素朴だが美味しいものがたくさんある場所なので、シンシアはかなりわくわくしていた。

今回世話役として来ているのは、シンシア、ナンシー、レイチェルの三人だけだ。

給仕係として活躍した執事たちは皆居残り組。

これは別に差別といったことではなく、使用人たちの希望を聞いた結果女性使用人たちのほうが旅行好きで、男性使用人は主人のいない屋敷で自由にするほうが好きだから、という理由からだった。

シンシアとしても、メイド長であるマチルダから離れられるのは大変嬉しい。嫌いなわけではないが、正餐会のための指導を思い出してどうにも緊張してしまうのだ。

それもあり、久々に羽を伸ばせそうだ。

当のリュファスは、普段使っている騎士服に身を包み馬に乗っている。リュファスが進むたびに純白の外套がはためき、とても綺麗だった。

王国騎士団の騎士服はとても目立つため、領民たちの視線もかなり集まっている。その中を無表情で歩く騎士たちは、とても凜々(りり)しかった。

私だったら、視線が気になりすぎてそれどころではないでしょうね……とシンシアは冷静に分析する。

曰く、王国騎士団魔術小隊の服装が派手なのは、注目を集めるためなのだとか。

特に王国騎士団魔術小隊に入団できる者は広域系の魔術を扱えるので、敵に警戒させたり、味方の士気を高めたり安心させたりする意味もあるらしい。

（領民たちも色めき立っていますし……効果は絶大ですね）

カーテンの隙間からそれを眺めていたシンシアは、ほうっと息を吐く。

歓声が聞こえる中、一行は領主であるモンレー伯爵のカントリーハウスに向かった。

「ジルベール公爵閣下、よくぞいらっしゃいました」

リュファスたちを歓迎してくれたのは、モンレー伯爵と夫人だった。

そう。正餐会のときに食器を落としてしまった、マリア・モンレー夫人である。

出迎えてくれた二人とも、正餐会の際に会ったばかりだ。まさかの縁に少し驚いてしまう。

それは向こうも同じだったのか。シンシアが馬車から出てくると、二人揃って瞠目した。

「まあ……正餐会で給仕をしてくださった方々ですね？　お名前を聞いてもよろしいでしょうか？」

シンシアはリュファスのほうをちらりと見た。

『名乗っても構わないぞ。むしろ恩を売っておくといい』

リュファスの声がピアスから聞こえてくるのを確認してから、シンシアはドレスの裾をつまみ上げた。

「シンシア・オルコット、と申します。オルコット伯爵家の者です。以後お見知り置きをお願いいたします」

「まあ……ジルベール公爵閣下のお屋敷には貴族令嬢もいると伺っておりましたが、オルコット伯爵令嬢でしたか。……改めて、お礼を言わせてください。先日は誠にありがとうございました」

「わたしからも礼を言わせてもらいたい。オルコット嬢。妻を助けていただき、本当にありがとう」

シンシアは困った。そこまで言われるようなことをした覚えがなかったからだ。

しかし正餐会が終わった際、リュファスが言っていたことを思い出す。

『その当然のことを素早くしてくれたから、そこまでことが荒立たずに済んだんだ』

（貴族の駆け引きとかよくわかりませんでしたが、きっとこういうことなのでしょう）

いい勉強になったな、と思う。

社交界の駆け引きがなんとなくわかったシンシアは、にこりと微笑み礼を受けることにした。

「少しでもお力になれましたのであれば、幸いです。これからもどうぞよろしくお願いいたします」

「こちらこそ！　さあ皆様、どうぞ中へお入りください！」

マリアとモンレー伯爵の案内で、シンシアたちはようやく人心地つくことができたのだ。

持ってきた荷物を部屋に置いたシンシアは、見られていないことをいいことに大きく伸びをする。

「一室与えられるとは、思ってもみませんでした」

どうやらシンシアたちが貴族令嬢ということもあり、一室与えてくれたようだ。

普段はリュファスのお世話は執事長かメイド長がやっているが、こういう場面では二人とも休暇も兼ねて留守役を任される。リュファスなりの優しさだ。

が、リュファスは騎士団に所属しているためか基本なんでも自分でできる。着替えの手伝いもいらないと念を押されていた。なので一人もいれば、リュファスの身の回りの仕事はできてしまう。

そのため、今回の立場は「侍女」というより、「ご褒美で休暇旅行に来た貴族令嬢」という感じだ。リュファスの粋な計らいだと思う。

そういうわけで、シンシアもリュファスと一緒に何を食べようか、とかなり張り切っている。

（パイだけではなく、チーズケーキやタルトも美味しいと聞きますし……ああ、どうしたらよいのでしょう。リュファス様のために何を買ってくるべきです⁉）

こんな感じに、だいぶ浮かれていた。

――リュファスの世話のほうは当番制なので、今日はナンシーがついてくれている。

なのでシンシアは、入ったばかりの給料を手に意気揚々と外出準備を始めた。

なんと今回、正餐会で給仕係をしたことへのボーナスまであるのだ。そのため、実家にお金を多めに送っても十分すぎるほどの給金が手元に残った。多すぎるのではないかと目を疑ったくらいだ。

リュファスが優しすぎて、他の場所ではもう働けないかもしれない。ちょっとだけ危機感を覚えたシンシアだった。

その優しさという名の金銭をカバンに押し込んだシンシアは、いつもより数割増しで高ぶりながらロンディルスの町へと繰り出したのだが。

　となりになぜか、馴染みのない青年がいた。

　道中一緒に行動していたため顔も名前も把握していたが、それだけだ。こうやって行動を共にするほど親しくなった覚えもないし、さりげなくとなりにいる理由も不明だ。

　シンシアは困ったときに浮かべる笑みを張りつけながら、ミルクティー色の髪をした美青年、エリック・バーティスに話しかけた。

「……あの、バーティス様。どうしてついてきているのでしょう……？」

「オルコット嬢は、ロンディルスに来るのは初めてでしょ？　僕は何度か来たことがあるから迷うことはないし、案内役がいたほうが楽じゃないかな？　女性一人で町中を歩くのは危険だと思うし」

「……お気遣いありがとうございます。とても助かります」

　笑顔でそう言われてしまえば、肯定するほかない。シンシアはこっそりため息をつく。

　――そんな理由から、シンシアはなぜか王国騎士団魔術小隊副隊長のエリックと町を歩くことになったのだった。


　エリックは、ミルクティー色の癖髪と青い瞳を持った、柔らかい雰囲気の侯爵令息だ。

羊のように朗らかな美青年だと、シンシアは思っている。

侯爵令息と言っても次男なので、爵位を継ぐことない。またいつかは実家を出ていかなければならない身ということもあり、騎士団に所属しているらしい。

そんな彼が私服でとなりにいることが、不思議でならなかった。今日まともに話した相手に、こうも世話を焼けるものなのだろうか。謎は深まるばかりだ。

（私、一人で見て回るほうが好きなのですが……）

しかし一人で見ていれば、迷う確率が上がることも事実だし、誰かに絡まれないとも限らない。リュファスの部下ということもあり、無下に扱うのも躊躇われた。

そのためシンシアはおとなしく、エリックと一緒にロンディルスの町を回ることにしたのだ。

エリックは気さくに話しかけてくる。

「オルコット嬢は、何か見たいものはある？」

「ええっと……ロンディルスでオススメのお菓子屋さんとかはありますでしょうか？　何店舗か教えてもらえたらありがたいです」

まず把握したいのは、美味しいお菓子が売っているお店だ。これだけは外せない。リュファスにも食べてもらうのだから、しっかり吟味しなくては。

そう思いエリックに問いかければ、彼は二つ返事で頷いた。

「それならいい店を知ってるよ。こっち」

そう言い、人ごみを気にしながら、エリックはシンシアを案内してくれる。その道中、エリックは様々な話をしてくれた。

「この町がパイ発祥の地だってことは知ってる？」

「はい」

「パイって層になってるから、恋愛成就や夫婦円満にいいって言われているお菓子なんだって。ほら、恋愛は関係を重ねていくうちに夫婦になって、その後の夫婦生活も年月を重ねていかなきゃいけないものでしょ。だからここ、恋人とか家族連れが多く来るんだよ」

「初めて知りました……」

面白い話だなと感心する。どうりで、カップルや子連れが多いわけだ。

「まあそういうジンクスは、後からできるからね」

（ですがそれが経済効果にも繫がっているのでしょうし……オルコット領にもこういった名物があれば、観光客が集まるのでは？）

エリックのことなどそっちのけで、シンシアはオルコット領のこれからを考えた。

領地の娘がこう言うのはどうかと思うが、オルコット領は本当に田舎なのだ。

様々な畑や森が広がる、自然豊かな土地と言えば聞こえはいいが、そのせいでまったく観光客が来ない。ここまで貧乏になったのも、そのあたりを気にかけなかったからだろう。

領地を潤すためには、領民の税金だけではやっていけないのだ。

（小麦を推すのはありですが、小麦料理なんて色々ありますし……ロンディルスみたいに、

パイ発祥の地とか『これ！』っていう料理が名物にならないとダメでしょうね)

シンシアが思いついているのだから、母もそのあたり、何か考えているかもしれない。

ロンディルスで何か摑めたらいいなーと物思いにふけっていたら、エリックがとなりにいることをすっかり忘れていた。そのため、話しかけられて驚いてしまう。

「オルコット嬢は、パイ好き？」

「……へ？　は、はい！　お菓子の中では一番好きです！　と、特に、アップルパイが好きで……実家にいた頃は秋になると必ず作っていましたね！」

焦りすぎたせいか、しゃべらなくてもよさそうなことをぺらぺら話してしまった。だがエリックは、嫌な顔一つ見せず頷いてくれる。

「そうなんだ。僕は甘いものがそんなに得意じゃないから、ミートパイとかのほうが好きかな。あ、この町にはポットパイっていうのもあってね、それが結構美味しいんだよ」

「そんな料理があるんですね。初めて聞きました」

「美味しいよ。カップにクリームシチューを入れて、蓋の代わりにパイ生地で上部を包んで焼く料理なんだけど……多分、モンレー伯爵のカントリーハウスにいたら出してくれるんじゃないかなあ」

のんびりほのぼのとした様子で、エリックが笑う。

絶え間なく続く会話に、シンシアはくすりと笑った。

(バーティス様、とても素敵な方ですね。本当に羊みたいです。それなのに……存在を一度抹消してしまい、本当に申し訳ありませんでした……）

　心の中で深く頭を下げておく。

　エリック・バーティスという青年の情報は、母方の従姉妹から聞いたことがあったのである程度知っていた。社交界でも、派閥を問わず貴族令嬢たちから好かれているらしい。なんでそんなにも好かれているのでしょうと当時は思っていたが、その理由がやっとわかった。エリックは、会話を続かせるのがうまいのだ。

　しかも相手に嫌な印象を与える会話ではなく、楽しく続く会話が多い。歩幅を合わせてくれたり、さりげなく手を差し出してくれたりなど、気遣いも上手だった。

　ギルベルトと違って、下心や黒いものを感じさせないところもよい。高ポイントだ。できることなら、このままピュアな感じに育ってほしい。

　エリックは、リュファスやシンシア同様中立派の家系に生まれた人だ。それもあり、リュファスも安心してそばに置いているのかもしれないなと思った。

（こんなに素敵な殿方なら、恋人の一人や二人いそうですのに……あ、二人いたらまずいですね）

　ともあれ、もったいないくらいの優良青年だ。なのに、婚約者もいないらしい。

　ギルベルトとの一件で疑い深くなっていたシンシアは、思わず聞いてしまう。

「バーティス様には、恋人はいないのですか？」

「恋人？　いや、いないね。欲しいと感じたこともないし……」

「意外です。紳士的な態度を取る方なので、てっきり慣れているのかと」

　エリックが遠い目をした。

「姉が二人いるから、そのあたりの教育はすごくされたんだよね。……うん、だから正直、女性はいいかなって……」

（あ、これは聞いてはいけないやつでした）

　エリックがここまでげんなりするということはおそらく、相当我の強い姉なのだろう。不憫だな、と思いつつ、シンシアは必死になって話題を探す。

「あ、そうです、バーティス様。リュファス様って、バーティス様から見てどのような方ですか？」

　リュファス、という名前を聞き、エリックの瞳がキラリと輝いた気がした。嫌な予感がしたが、止める間もなくエリックが堰を切ったように語り始める。

「リュファス様はね、素晴らしい方だよ！　剣術も武術も魔術も極めていらっしゃるし、僕なんかじゃ歯が立たないくらい強いんだ！　なんかもう、とにかくかっこいい。かっこいい」

「な、なるほど……」

　こっちもこっちで聞いてはいけない内容だったかもしれない、とシンシアは冷や汗を流した。

　熱気がすごい。目が爛々と輝き、こちらに食らいつかんばかりだ。

リュファスのことを尊敬していることがわかるのでそこは嬉しいのだが、いかんせん話が長いし圧が強い。

それからも、エリックによるリュファスの武勇伝は続いた。

リュファスのことを知れるのは楽しいが、圧がすごすぎて若干引いてしまう。心が完全に負けている感じだ。

（バーティス様、悪い方ではないですけど……こう、残念な方ですね。ちょっと申し訳ないですけど、このテンションにはついていけません）

やはり話をするならリュファスくらい落ち着いた人がいいなと、シンシアはしみじみ思ったのだった。

*

夕食後、シンシアは屋敷にいたときと同じように三人でお茶会を開いていた。

シンシアが今日買ってきたケーキを食べるために集まったのだ。二人の反応を見て、リュファスと一緒に食べるケーキを決めようかと思っている。

（お二人を利用しているみたいで、若干心苦しいですが……お付き合いください！）

そんな事情を知らない二人は、数々のお菓子を見て目を輝かせている。

そんなお茶会の席でシンシアが話題にしたのは、エリックのことだった。

「お二人は、エリック・バーティス様をご存じですか？」

「エリック・バーティス？　ああ、リュファス様の部隊の副隊長ね」

「バーティス様かー貴族令嬢たちに大人気だよね、あの人」

もぐもぐとお菓子を食べながら、二人は言う。その反応はとても淡白なものだった。

貴族令嬢に人気だと噂の人なのに、思ったより反応ないですね？　と思いつつ、シンシアは頷く。

「バーティス様が人気だという話は、私も従姉妹から聞きました。実際に会ってみて、人気な理由が少しわかる気がします」

理由はわかるが、シンシアはちょっと苦手だ。ずっと話していたいと思えるタイプではない。

だが、ああいう盛り上げ上手のほうが女性にはモテるのだろう。

「話していると楽しいもんねー。でも恋人も婚約者もいないから、結構不思議がられてはいるかな。嫡男じゃないから、そこまで焦らなくてもいいんだろうけど」

「楽しく遊んでいたいんじゃない？　あたし、ああいうタイプの男嫌いだからわからないけど」

「ナンシーは嫌いだよねえ。知ってる。……あ、このパイ美味しい」

「甘いのはお菓子だけで十分よ。あーほんとこのお菓子美味しい」

「あ。それ、バーティス様のオススメですよ」

「…………お菓子に罪はないもの。ええ、お菓子に、罪は、ない」

ナンシーはぶつぶつと言いながら、エリックオススメのパイ菓子を避けた。

ちなみにその菓子はロンディルスという名前で、ロンディルスの町がパイ発祥の地として有名になった由来となったケーキである。

パイとカスタードクリームを交互に重ねたもので、店によっては生クリームやチョコレートクリーム、薄くスライスしたいちごを挟むのだとか。

エリックがオススメしてきたのは、カスタードだけを使った元祖ロンディルスのほうだ。

(これは本当に美味しいから、リュファス様にも食べてもらいたいですねえ)

何より、リュファスはシンプルで奇をてらわない、王道のお菓子が好きなようだった。なのできっと、ロンディルスは気に入るだろう。

そんなことを思いながら、美味しいケーキに舌鼓を打っていると。

「……ねえ、シンシア」

「……ふぁい？」

「あなたもしかして……バーティス様に惚れた？」

「…………はい？」

危ない。変なところにケーキが入るところだった。

紅茶を押し流し咳をこらえていると、ナンシーが半眼でシンシアを見つめてくる。

「だって……シンシア、普段は男の話なんてしないじゃない。もしかして、一目惚れでもしちゃったのかと」

「あー……見た目はかっこいいですよね。見てるだけなら癒されます。羊みたいで」

「それわかるー頭なでなでしてみたいー柔らかそうだよねえ」

「あ、レイチェルさんもですか？」

「……ダメだわこれ。恋愛話に発展しない……いや、まぁいいんだけど……あのいけ好かない男にシンシアが惚れたって聞いたら、あたし文句つけに行ってたし……」

「ナンシーさん……それ、バーティス様可哀想では？」

風評被害もいいところだ。しかしナンシーからしてみたら違うらしい。

「あんなに女性に対して優しくしてたら、勘違いする人なんてたくさんいるでしょうが。いつか刺されるわよ、あいつ」

「あ、それはお姉様方からの教育のせいみたいですよ」

「……そんな話まで、あいつとしてるだなんて……シンシアやっぱりあなた、バーティス様のこと……」

「あ、無理です。ないです。リュファス様のほうがかっこいいので、バーティス様にはそれほどときめきません」

そうぽろっと、普段は言わない本音をこぼしたのだが。

きらーん。ナンシーとレイチェルの瞳が、妖しげに光った。レイチェルが恐ろしいほどの速度で羽交い締めにしてくる。

「ひえっ⁉」

「シーンーシーアー？」

ナンシーが顔を近づけてくる。シンシアはぶるぶると震えた。

「怖い、怖いです、ナンシーさん！」

「いやぁ、だって……あのシンシアが、リュファス様に興味を持ってるなんてねえ？　リュファス様相手に物怖じしないし、仕事が手につかなくなることもない優秀な子だと思ってたけど、まさかリュファス様がタイプだったとは」

「本当だよー。シンシアは正規のメイドじゃないし……わたし、シンシアが相手なら納得するなぁ」

「……へっ？」

理解ができず、シンシアは抜けた声を出してしまった。

だが、レイチェルは真面目な顔をして言う。

「リュファス様の奥さんだよ。わたしたち、リュファス様が苦労してきたの知ってるから、打算とかなしでリュファス様に添い遂げられる人がいいなぁって思ってるんだー。だからシンシアなら、安心してお任せできるなっ」

「あたしも」

「なぜそんな飛躍した話に……！」

ナンシーまでそんなことを言い始め、シンシアは困惑した。

リュファスとは気も合うし、好みも似ているし、話をするのも楽しいが、そういう関係ではない。あくまで主人とメイドだ。そう、主人とメイドという関係なはず。

シンシアは、リュファスと関わったこの一か月半を思い出した。

――思い返せば、リュファスと一緒にお菓子ばかり食べてきた日々だった。

（そうですよ、お茶会開いたりしたくらいじゃないですか。ケーキ食べたり、アイディア出したり、ケーキを、食べさせ、た、り……ケーキ、を、食べ……させ、られた、り……あ、れ？）

そういえば、かなりナチュラルにケーキを食べさせたり食べさせられたりしていた気がするのだが、あれは主人とメイドの関係性で起こりうるものなのだろうか。

（いや……それ以上はありませんでしたし……あ、でもリュファス様の笑顔、好きなんですよね。だからお茶会、結構楽しみにして、て……あれ、これなんか……恋人に会うのを楽しみにしてる、人っぽくない、ですか……ね……）

頭の中がぐるぐる回って、混乱する。

そのたびにリュファスの綺麗な顔や笑顔がチラついて、カーッと顔が赤くなった。

（ま、待って、待って待って落ち着くのです、落ち着けシンシア……！　雇用契約時に、婚約者はないって否定したではありませんか……！　なのになぜ今更惚れ……惚れ、るとか……ない……！）

否定してみたものの、もう遅い。シンシアは自分の恋心を自覚してしまった。

（雇用主相手に、何やってるんですか私――――!?）

シンシアは心の底から絶叫する。

「あああ、でもまだ借金返済できませんし……主人とメイドが婚約者になるなんて物語の中だけの話ですし……」

「……おーい、シンシア、シンシア？」

「……あ、でも私一応伯爵令嬢でした!?　あ、でも貧乏です!?　ど、どどど、どうしたら……！」

「……ナンシー。ナンシーがシンシアからかったせいで、言葉が聞こえないくらい大混乱してるよ」

「……なんか本当にごめん。ここまで純情だとは思わなくて。ほ、ほら落ち着いて、落ち着いてーシンシア？　ね？」

涙目になって頭を抱えるシンシアを解放したレイチェルは、シンシアを手でぱたぱたと扇いでくれる。それから二人は、シンシアが落ち着くまでそばにいてくれた。

しかし人生初めての恋心を自覚したシンシアは、寝る時間になっても精神が落ち着かず、ベッドの上でごろごろしながら一夜を明かすことになった。

＊

ロンディルスに来てから二日経った。

肝心の魔物は、予兆こそあれ出現には至っていないらしい。

予兆が来てから数日経たずに魔物が出現することもあれば、一か月後に来るパターンもあるという。

魔物討伐が王国騎士団の仕事なので、討伐が終わらなければ帰還できないのだ。そのため、シンシアたちもまだ町に留(とど)まり続けている。

しかしそんな期間があったからか。シンシアの気持ちはだいぶ落ち着いていた。

二日間、ナンシーとレイチェルが侍女を代わってくれたのもあるだろう。

モンレー伯爵夫人であるマリアと仲よくなれたのも、気分が回復した理由の一つだ。

どうやらマリアは、シンシアのことを気に入ってくれたらしい。空いている時間はおしゃべりをしたり、お茶をしたりして過ごした。

ジルベール邸の料理長が作る料理も毎回豪華で美味しいが、ロンディルスの料理は素材そのものの味がする、素朴でシンプルな料理が多い。田舎貴族のシンシアとしては、馴染み深い味だ。だからなのか、とてもほっとする。

それからもシンシアは、極力リュファスと二人きりにならないよう生活をした。

若干現実逃避のような感じになっている気もするが、仕方ない。

目付け役のマチルダもいないロンディルスという場所は、楽園のような場所だった。

（……よし。大丈夫です。平常心平常心。だってお仕事ですからね）

本日、リュファスの侍女を任されているシンシアは、空き時間に買いに行った菓子を携えリュファスの部屋にやってきていた。

ものすごく緊張するが、いつまでも仕事をサボるわけにもいかないし、リュファスにもケーキを食べてもらいたい。

少し震えた声で許可を取り入室すれば、リュファスが眉をひそめ書類と向き合っていた。しかしシンシアが携えた菓子を見ると、すぐに表情を緩める。

「おかえり、シンシア」

「た、ただいま戻りました」

どきりと胸が鳴ったが、「平常心！」と心に活を入れることで乗り切った。

シンシアは、モンレー家のメイドに用意してもらったティーセットをテーブルに置き準備をした。その間に、リュファスは書類を整理する。

「今日は、ロンディルスというパイといちごのタルトを買ってみました。紅茶はアッサムみたいですね。ミルクお入れいたしますか？」

「ああ、頼む」

「はい」

何回もお茶会を開いているからか、シンシアはリュファスの紅茶の好みをだいぶ理解していた。同時に、ケーキの好みもなんとなく理解している。

（リュファス様は、砂糖を入れないミルクティーがお好き。ミルクも濃厚なものがいいみたいですね。ケーキは、シンプルなもののほうが反応がいいです）

そんなことを覚えてしまうくらいにはリュファスと茶会を開いていることに気づき、シンシアは唇を引き結ぶ。

そこでふと、シンシアの頭に疑問が浮かび上がる。

（そういえば……リュファス様はなぜ、わたしの名前を知っていたのでしょう？）

会ったことがあるのは、社交界デビューのときだけだ。

いくらリュファスといえ、顔と名前をすべて一致させるのは難しいだろう。付き合っても利益がなさそうな貧乏貴族ならなおさらだ。

普段なら口をつぐんでいたが、リュファスのことをもっと知りたいと思ったシンシアは恐る恐る口を開いた。

「……リュファス様。一つ質問してもよいでしょうか？」

「なんだ」

「どこで私の名前をお知りになったのですか？　まったくもって自慢にはなりませんが、私、覚えるほどの存在ではなかったと思うのです」

「………それ、は」

リュファスは、もごもごと言いよどんだ。

(も、もしかして、触れてはいけない話題でした？)

ロンディルスに来てから、触れてはいけない話題に触れることが多い気がする。それもこれも、シンシアが相手との距離感をうまく摑めていないからだ。

(き、距離感って難しいです……！)

シンシアは慌てて別の話題を探す。

「そ……そ、そうです！　お菓子！　お菓子食べましょう！　こちらのお店バーティス様に教えていただいたのですけど、パイを考案したお店だそうですよ！」

「…………………バーティス？　エリックに教えてもらった、とは……」

「あ、えっと……ロンディルスに来た当日、散策をしようと外に出たらエリック様がついてきてくださったのです。迷子にならないようにと気遣っていただいた、よう、で……」

瞬間、リュファスの表情が氷のように冷え切った。

(ひ、ひえっ⁉)

怖い。正餐会のときを思い出す、底冷えした無表情だ。

リュファスは不機嫌になると、どうやら無表情が冴え渡るらしい。

「……あ、の。リュファス……さ、ま……？」

「……なんでもない。なんでもないんだ、シンシア。少なくとも……君が悪いわけではない」

(なんでもないってお顔ではありませんよ……！)

どうしたらよいのだろう。先ほどから墓穴を掘り続けている。

何を言ってもリュファスの神経を逆撫でしそうで、シンシアは何も言えなくなってしまった。

（どうして、リュファス様を怒らせてしまったのでしょうか……？）

そんなこともわからない自分の不甲斐なさに、しゅんと落ち込んでいた。そんなときだった。

――カーン！　カーン！　カーン！

――ロンディルスの町に、鐘の音が響き渡った。

＊

リュファス・シン・ジルベール＝アヴァティアという第二王子は、幼い頃からすべてを諦めていた。

自分の決断一つで内乱が起きかねないことを、幼い頃からよく理解していたからだ。

だからこそ己を律した。無欲であれと自分に言い聞かせた。

今までそうやって生きてきて、そのおかげでバランスをうまく保てていたのだ。

これから先もそれは変わらないと、彼は本気で思っていた。

リュファスは無欲だ。

無欲のはず、だった。


――鐘の音を聞き、リュファスは瞠目した。

カーンカーンと、けたたましい音が町中に響いている。

これは……警告の鐘か。

それはつまり、魔物が出現し町に迫っているということを指す。

胸の内側にくすぶる激情を抑えつけながら、リュファスは立ち上がった。

「シンシア。君はこの屋敷にいなさい。領主の屋敷が一番安全だ」

「は……は、い。……リュファス様、お気をつけて」

「……ああ」

心配そうに見つめてくるシンシアの視線から逃れるように、リュファスは駆け足で外に出た。

落ち着け……今は魔物討伐に集中しろ。

そう言い聞かせないといけない程度に、今のリュファスの頭は混乱していた。

その理由は二つ。

一つ目は、シンシアに「なぜ自分の名前を知っていたのか?」と問われたこと。

そしてもう一つは、彼女の口からエリックの名前が出たことだった。

前者で大いに動揺したが、後者で畳み掛けられたことにより感情が表に出てしまったのだ。

……まさか、シンシアの口からエリックの名前が出ただけで、こんなにも動揺するとは。

動揺すると同時に、胸の内側にどろりとした感情が湧き上がってきた。

ギルベルトに絡まれているシンシアを見たときもそうだった。ひどくイライラして落ち着かなくなる。

あのときはシンシア自身がそっけない態度を取っていたのでそこまででもなかったが、エリックのときは違った。

仲よく見えたのだ。

今回はなんとか耐えられたが、次回があれば今よりもひどい態度を取ってしまうかもしれない。

だがあのまま話していてもきっと、シンシアを怖がらせただけだろう。声を荒らげていたかもしれない。それは本意ではなかった。

「……くそ」

ぽつりと悪態が漏れる。

先ほどのそれはどう見ても、主人としても一人の男としても最低の行動だ。

シンシアともっと一緒にいたいという気持ちが、あの日の愚かな感情が今回のような傲慢な行動に繋がったのだとしたら、それは本末転倒だ。勘違いも甚だしい。

シンシアにとって一番の幸せであろう借金返済を願わず、強欲に願ったせいかもしれない。リュファスは改めて、自分の気持ちを胸の奥底に押し込めた。

そんな最悪のタイミングで、今一番会いたくない人が現れる。

ミルクティー色の髪をした優男、エリックだ。

「リュファス様、領民の避難は始まっているようです。場所は、町から歩いて一時間ほどかかる草原だと、観測所が感知しました。魔物は上級が一体、中級が五体、下級が七体でした」

「……そうか。確認ご苦労だった、エリック」

できる限り意識をして、声に怒りが滲まないようにする。

状況が状況ということもあり、エリックは幸い、その変化に気づかなかった。にこりと笑みを浮かべてから、再度口を開く。

「いえ、当然です。騎士団へ向かいますか？」

「ああ、総指揮を執る。わたしがいなくとも討伐できるだろうが……士気は上がるだろう。普段よりも数が多いし、強い個体もいる。いざというときに対処できるのは、我ら王国騎士団だ。ロンディルス駐在騎士団の面目も立てつつ、王国騎士団の体裁も保てる。これが最良の策だ。エリックはどう考える？」

「リュファス様と同意見です、それでいきましょう。それでは僕は、馬を連れてまいりますね」

「頼んだ」

本当に、びっくりするくらい優秀な部下だ。情報の収集も、頭の回転も早い。リュファスが求めているものを考え、先に提示してくるあたりからも、その優秀さが滲み出ていることだろう。

……わたしも、エリックくらい気の利く男になれたなら。彼女と一緒に出かけることができただろうか。

そんなどうしようもないことを考えている自分に気づき、リュファスは己に言い聞かせた。

無欲あれ、無欲あれ。

己の欲で他人を不幸にするくらいなら、無欲であれ。

なのに、シンシアの笑顔がチラついて離れない。

エリック以外の王国騎士団魔術小隊の隊員たちが集まったのを確認してから、リュファスは駐在騎士団へと急いだ。


騎士団は、様々な対処に追われていた。

魔物を討伐するための部隊が外に集まり、またある者たちは領民を安全な場所へ避難させている。統制は比較的取れていた。

そんな彼らは、臙脂色の騎士服と純白の外套を身につけたリュファスを見て瞠目する。

「今の作業をしたまま聞いてくれ。総指揮はわたしが執る！　普段よりも個体数は多いが、我ら王国騎士団が補佐に入る。安心して戦いに臨んでくれ！」

それを聞き、騎士たちの顔から過度な緊張がほぐれるのを感じた。

それもそのはず。一般的な騎士団よりも、王国騎士団のほうが強い個体を相手にしている。しかもそのうちの一人が一級魔術師ともなれば、安心感は段違いだ。

リュファスはエリックが連れてきた愛馬に乗ると、駐在騎士団を率い、魔物がいるとされている草原へと向かった。

道中、リュファスはエリックに問いかける。

「この辺りは確か、牧場があったな。そこの住民の被害状況は？」

「この辺りで被害が出ることはわかっていましたので、数日前から別の牧場にいたようです。動物たちもそちらにいるようですから、被害は最小限に抑えられるかと」

「そうか」

魔物が現れて一番困るのは、人間を襲うことではない。

確かにそれも恐ろしいがそれより先に、産業のほうに被害が出るのだ。それは食文化にも影響を及ぼす。

そうなると自然と、教会側が国に対して文句を言うようになるのだ。「この国の主神である豊穣神様がお嘆きになる」と。それは民草に不安として伝播していく。

それは回り回って、国王である兄の立場を悪くすることに繋がる。

それを最低限の範囲で食い止めるのが、リュファスの役目だった。

苛立つ気持ちを発散するために、リュファスは声を荒らげる。

「総員、決して気を抜くな！　ロンディルスを守る騎士としての矜持(きょうじ)を、このわたしに見せてみろ!!」

『応!!』

騎士たちの咆哮(ほうこう)が響き渡った――

＊

騎士団が魔物討伐に向かってから、数時間経った。

外はすっかり暗くなり、ひとけもほとんどない。

普段ならばこの時間でも人が多く行き交っているのを知っているため、ひどく違和感を覚えた。

そんな町に残っていたシンシアは、モンレー伯爵家のカントリーハウスの客間にいた。

ナンシーとレイチェルも一緒だ。

モンレー伯爵とマリアは、独自に所持している騎士団を使い領民たちを離れに避難させるなど、様々な対処に追われている。

三人は一応客という立場なので、何かあってはモンレー伯爵家の顔に泥を塗ることになる。だから三人はこうして一箇所に集まっていたのだ。

簡易ながらも寝る場所を整えてくれたのはありがたいが、とても眠れそうにない。だから三人は長椅子に座り、吉報を待っていた。

ナンシーとレイチェルは慣れているためかそこまで悲観的になっていなかったが、シンシアは不安で押しつぶされそうになっている。

（おかしいですね……オルコット領にも魔物が出ることはあったので、慣れているはずなのに……怖いです……）

あんな別れ方をしたせいだろうか。リュファスが帰ってこないかもしれないと考えたら、胸がぎゅっと締めつけられ押しつぶされそうになる。

風が強くなってきたのか、窓がガタガタと鳴っていた。

長椅子に腰掛けたまま、シンシアはぎゅっと手を握り締めた。

見るからに顔色の悪いシンシアを見かねたレイチェルがとなりに座り、そっと背中を撫でてくれた。

「大丈夫だよ、シンシア。リュファス様は強いから、必ず帰ってくる」

「……はい」

「リュファス様も、シンシアには笑っててほしいと思うよ。シンシアの笑顔を見てると、わたしたちまで元気になるんだから」

「そう、ですか？」

「そうよ」

レイチェルと逆の位置に、ナンシーが座ってくる。シンシアの手を握り、意志の強い目で見つめてきた。

が、すぐにいたずらっぽい笑みを浮かべる。

「それにシンシア、リュファス様はこれから何回も魔物討伐に出ることがあるわよ？　慣れておかないとダメじゃない？」

「う……た、確かに……」

「もーナンシーはそういういじわる言わない！」

「何よ、あたしはちょっと、場を明るくしようと思っただけよ」

「やり方が横暴だね!?」

その後もぎゃあぎゃあ言い合う二人を見て、シンシアは笑ってしまった。瞬間、二人がぱっとシンシアを見る。

「お、笑ったね！」

「そうそう。シンシアはそうじゃなくっちゃ」

「……はい、ありがとうございます。もう大丈夫です」

そう。シンシアの長所は、底抜けに明るいところと悲観的にならないところだ。こんなふうにうじうじしてても仕方がない。それよりも、リュファスが帰ってきてからのことを考えるほうが良いだろう。

「リュファス様が戻られたら、何をするのでしょう？」

「あー多分一度着替えてから騎士団のほうに行って、また魔物が出たところに戻ると思う。魔物と交戦したのなら、なんであれ瘴気を払わないといけないし。もしかしたら数日帰ってこないかも」

「じゃあ洋服とか揃えたカバンを置いておいたほうがいいですかね……」

「そうね」

「……ちょっとくらい外に出ても問題ないでしょうか？」

「大丈夫じゃないかしら。お花摘み行くついでってことにしておきましょう。……というわけでシンシア、行ってらっしゃい。あたしはキッチン借りて軽食作ってくるから！」

「はい、わかりました！」

ナンシーの言葉を受け、シンシアは客間から飛び出した。

駆け足になりながらリュファスが使っている部屋に入り、着替え一式をカバンに入れた。

（わかりやすい場所……テーブルとかがいいでしょうか？　書き置きがしてあったら、なおのことわかりやすいですよね）

そこでシンシアは、昼の状態のまま片付けられていないティーセットとケーキを見てしまった。

「……っ！」

不意打ちを食らったせいかぽろりと涙がこぼれたので、慌ててポケットにあるハンカチを取り出そうとする。

しかし指先に硬い何かが当たり、シンシアは目を見開いた。

（あ……そうです。この小瓶……ピアス！）

指先に当たったのは、リュファスからもらった魔力を液体化した小瓶だった。これがあれば、魔力なしのシンシアにもリュファスと通信することができる。

カバンを長椅子に落としたシンシアは、震える手で小瓶を持った。指先にひとしずく垂らして、普段からお守りのようにつけていたピアスに触れる。

（お願い、届いて……届きますように……！）

耳たぶで輝くピアスが、ほのかに熱を持った気がした。

ぎゅっと目をつむる。

「リュファス様……私、待ってますから」

だから、またお茶会しましょうね。

かすれた声で呟いたが、いつものような反応はなかった。

気持ちがまた落ち込みそうになるのを振り払うように、シンシアはリュファスが書類整理などで使っていた執務机から紙とペンを拝借すると、書き置きを残す。

その後、軽食を入れた箱を持ったナンシーが部屋にやってきた。それをカバンに詰め、シンシアたちは客間に戻る。

（どうか、どうか……リュファス様が何事もなく、無事に戻ってきますように）

――それから数時間経ち、暗がりの空が明るくなった。空が薄いスミレ色を帯びている。

そんな中、騎士団は誰一人失うことなく、無事に戻ってきたのだった。

五章　片想いメイド、想い人との時間を楽しむ

　魔物を討伐してから三日後。

　ロンディルスでは、祭りが開かれていた。

　完全に魔物の討伐を終えたことがわかったため、領主であるモンレー伯爵が開催することを決定したのだ。

　どうやらこのロンディルスという町は、普段はもっと活気のある場所だったらしい。

　シンシアからしてみたら十二分に人がいたが、それでもかなりの数がとなりの町に避難していたため、減ってしまっていたのだとか。魔物の出現を聞き、領民たちも怯(おび)えていたのだ。

　それを払拭し町を盛り上げる意味での、復興祭である。

　そのため、モンレー伯爵とその妻マリアは、朝から休む間もなく動き回っていた。


　その一方でシンシアは、与えられた部屋でぼーっとしていた。

　窓から見える光景を見つめ、ふっと笑う。

（すごい活気ですねえ……これが、この町本来の姿なんですか）

窓を閉じていてもわかるほど、外は大変賑わっていた。

道には仮設の露店がいくつも立ち並び、バターの芳醇（ほうじゅん）な香りの中に甘い匂い、しょっぱい匂いが入り混じる。客引きのためか、自分のところの商品を宣伝する声まで聞こえた。

領主邸にまでそれが届くというのだから、今町に下りれば相当騒がしいのだろう。

この復興祭を機に、ロンディルスは今まで通りの生活に戻っていくのだ。それはとても喜ばしいことだと思う。

思うのだが、シンシアの気持ちはよどんだままだった。

その理由はただ一つ。

そう。リュファスのことだった。

（……三日前から、リュファス様とろくに会えていません）

リュファスは一度モンレー伯爵邸に戻ってから、騎士団の詰所に行ったきり帰ってこないのだ。

魔物の瘴気を払うのは魔術師の仕事なのでそれもあるし、そのほかの事後処理が忙しいのだと頭ではわかっている。だが、もやもやした気持ちは晴れなかった。

（無事なのはわかっていますから、それはいいのです。いいの、ですが……やっぱり、一度顔を合わせて会いたい。お話ししたいです……）

ピアスをつけた片耳をいじりながら、シンシアは頬杖をついた。

しかしシンシアから会いに行くのは躊躇われた。仕事を邪魔する使用人はどうかと思うし、リュファスを怒らせた後だからだ。

主人が帰ってこない今、することもなく、しかし立場的には客人ということもあり手伝うこともない。ここ数年忙しなく動いていたシンシアにとって、何もすることがないというこことはとても気が滅入るものだった。

かといって、賑わう町に出かけるという気にもなれない。一人で歩いていても惨めなだけだし、余計落ち込みそうだ。

「はあ……これが恋わずらいというものなのでしょうか……」

ため息をこぼし、テーブルに突っ伏したときだ。コンコンコンコン、とノックが鳴った。

「シンシア、いる？　入ってもいいかしら？」

「……ナンシーさん？　はい、どうぞ」

体を起こし許可を出せば、ナンシーだけではなくレイチェルも入ってくる。二人は色鮮やかなドレスを抱えていた。

外出用ドレスだろうか。そういえば二人は、シンシアと違ってオシャレなドレスを持ってきていたな、と思う。

ただ、ドレスだけでなく化粧品入れなんかも持っているのはなぜなのだろうか。というより、なぜドレス？

普段より三割増しぼんやりしたシンシアが、二人の行動にどんな意味があるのか理解できず、何を言うべきなのか判断しかねていたときだ。ナンシーが化粧品入れを、シンシアの目の前にあるテーブルに置いた。どんっと結構な音がする。

「ひえっ⁉」

思わず悲鳴が上がった。

「さてさて、シンシア？　おめかし、しましょうか？」

「へっ？」

シンシアはガシッと腕を掴まれ、無理矢理立たされた。

様々な色をしたドレスを当てながら、レイチェルが首をかしげる。

「シンシア、何色がいいかなぁ。春だし、やっぱり暖色系がいいよね。となるとピンク？」

「社交界用ドレスならまだしも、外出用ドレスでピンクはないでしょう、甘すぎるわ。やるならもう少し濃くないとシンシアには似合わないし。でもパステルカラーは賛成」

「ならグリーン系かイエロー系のドレスで、小物でピンク系入れよっか」

「よいわね、そうしましょう」

そう話し、二人はてきぱきと動く。とてもではないが、ついていけない。

「……あの、何事でしょう……？」

一人置いてきぼりにされていたシンシアは、そこでようやく口を開いた。

しかしナンシーは親指をぐっと立てた後、よくわからない言葉を言ってくる。

「シンシア、安心して！　これからあたしたち、シンシアをどこに出しても恥ずかしくない外行きの貴族令嬢にしてみせるから！」

「……はい？」

「うんうん、ほんと安心して。大船に乗った気持ちでドーンと構えてていいからね！」

「いや、あのほんと、違うんです……私は、なぜ私にドレスを着せる話になっているのかが聞きたくてですね……」

そう困惑していたときだ。二人がじりじりとにじり寄ってきた。

嫌な予感がして、シンシアは一歩後ろに下がる。しかしかたんと足が椅子に当たってしまった。

（これはもしかしなくても、逃げられないのでは……）

その予感は的中し、シンシアは二人に取り押さえられる。二人の笑顔がそのときばかりはひどく恐ろしかった。

「さあシンシア」

「可愛くなろうね！」

——それから数時間、シンシアは二人の着せ替え人形にさせられたのだった。

＊

それからシンシアは、何がなんだかわからないまま着せ替え人形になり、メイクを施され、何がなんだかわからないまま裏門から外へ連れ出された。

ナンシーに「ここで待ってるのよ、いいわね!?」とすごい剣幕で言われたので、おとなしく広場の噴水の前で待っているが、誰が来るのかは教えられていない。

しかし色鮮やかなドレスを着られたからか、気分は少し上向きになっていた。

春らしいぽかぽかした光が降り注ぎ、柔らかい春風がふわりとシンシアの黒髪をさらっていく。その暖かさもあり、誰も彼も笑顔を浮かべていた。

心地好い日和だ。復興に向けた第一歩を踏み出すには、最高の日ではないだろうか。

(それにしても……ナンシーさんとレイチェルさんの審美眼には感服です)

シンシアは今、『よいところのお嬢様がお忍びで外出してます』と言わんばかりのドレスを着ていた。

白のレースやフリルが付けられたミントグリーンのドレスはとても爽やかで、レモン色のリボンが差し色になっている。

髪飾りにはランタール王国で『春呼びの花』と呼ばれている白い八枚の花弁を持つ花、エアルを模したものが使われていた。

髪飾りのリボンは薔薇色で、白と赤系統の髪飾りが差し色になっている。

シンシアは、白と赤という色を見てなんとなくリュファスのことを思い出してしまった。末期だな、と自分に苦笑する。

(それにしても……こんな綺麗なドレスを着るの、社交界デビューのとき以来なので本当に嬉しいのですね。ですが……誰が来るのでしょう？）

白から薔薇色のグラデーションになっているレースの日傘を傾けながら、シンシアは今日何度目かになる疑問を浮かべた。

広場を見回してみても、知り合いなどいない。

皆、知人友人恋人家族……といった大切な人と楽しそうにしていて、広場には笑みがあふれていた。そのことに、今のシンシアは疎外感を覚える。

だってシンシアは、大切な人と――リュファスと、一緒にいられないのに。

それどころか、自身の些細なミスで、喧嘩別れのような形になってしまっているというのに。

そう自覚した瞬間、一気に寂しさが募り、きゅうっと胸が痛くなる。

「……こんな場所にいても仕方ありませんし、帰りましょうかね」

自分に言い聞かせる意味で、冗談めかしてそう言ったときだ。

「……それは困るな。せっかくお詫びも兼ねて祭りを見ようとナンシーとレイチェルに連れてきてもらったのに、君がいないとわたしは一人で祭りを見て回ることになる。わたしを惨めな男にしないでくれ、シンシア」

聞き覚えのある声が聞こえてきた。

「……え？」

横を向けばそこには、黒髪に紫色の瞳をした男性がいた。

彼はグレーのスーツに白のシャツを着こなし、白のクラヴァットにザクロのような石がはめ込まれたカメオブローチをつけている。

スーツに合わせて帽子もグレー。一見地味だが、とても品のよい服装だ。

シンシアは、彼と一度会っている。

否、正しくは、彼がその姿をしているときに一度会っている、だ。

シンシアは胸元に手を当て、拳を握り締めた。

「……リュファス様？」

そっと名前を呼べば、彼の顔が和らぐ。

「待たせてすまなかった、シンシア。……さあ、行こうか？」


リュファスの腕を摑みながら、シンシアはドキドキしていた。ここまでドキドキしたことなど、人生で一度もないかもしれない。

（ど、どうしましょう……これって二人きりでのお忍びデートってやつですよねっ？　リュファス様に、その気がないのだとしても！）

いやもちろん、リュファスにその気がないことはわかっているし、万が一にもその可能性はないのだが、色々な感情がこみ上げてきてしまい、シンシアはいつになく浮かれてしまった。

このドキドキがリュファスに伝わってしまわないかひやひやする。でもそれ以上に、嬉しいのも事実だった。

人混みに流されないようシンシアをエスコートしてくれたり、歩幅を合わせてくれたり。そんな細かな気遣いにさえ胸が高鳴る。

今のシンシアは完全に、恋する乙女だった。

ちらちらとリュファスのほうを見ると、ふと目が合ってしまう。

はにかみ笑いを浮かべれば、リュファスがくすくす楽しそうに笑った。

（落ち着かない、落ち着かないです……！）

ここが室内なら、恥ずかしさと嬉しさに耐え切れず、床に寝転びごろごろ転がっている。それぐらい衝撃的なことが、シンシアの身に起きているのだ。

そんなシンシアの心境などつゆ知らず。リュファスはマイペースに町を見回している。

「シンシア、何か見たいものはあるか？」

「……へ？　あ……ポットパイなるものが食べてみたいです。あと……ケーキも」

ぽつりと呟けば、リュファスは頷く。

「約束だからな。それは守ろうと思っていた」

「……え？」

「三日前、約束しただろう？　お茶会をしようと。せっかくだから、たまには外でお茶でも飲もうと思ったのだが……もしかして忘れてしまったのか？」

それを聞き、シンシアは一瞬固まった。

同時に、独り言のようなものだったあれがリュファスの耳にしっかり届いていたことを知り、ぶわりと一気に恥ずかしさがこみ上げてくる。

「え、あ、それは……覚えています。ですがその……聞こえていないと思ってまして……」

返答がなかったので、てっきり聞こえていなかったと思ったのだ。

あの日のことを思い出して、シンシアの頬がカーッと熱くなる。使用人にしては過ぎた言葉だった。

「で、出過ぎたことを申しました！　わ、忘れてください……！」

「……それは困るな。シンシアと一緒に外出することを楽しみにしていたのに」

「……へ？」

「楽しみにしていたから、事後処理を頑張ってきたのだが……付き合ってくれないのか？」

「そ、それは！」

「ナンシーとレイチェルに頼んで君をあそこに呼んでもらったんだが、それも迷惑だったろうか？」

「そそ、そんなことはまったく！　ありません！　リュファス様とお出かけできて、私とても嬉しいです！」

ハッとして口元を押さえたが、時既に遅し。羞恥心が込み上げてくる。

しかしそう強く言ったためか、リュファスがいつもより嬉しそうに見えるのは、シンシアの気のせいなのだろうか。

「わたしも、シンシアと一緒に出かけられて嬉しい。ドレスを着た君もとても綺麗だな」

「……あ、ありがとう、ございます……」

リュファスの言葉だからか、とても世辞には聞こえない。

頬が赤くなるのを隠しながら、シンシアはかすれた声で礼を述べたのだった。

そんな会話を経て、二人はカフェテリアに入る。屋根が張られたテラス席に腰を落ち着けたシンシアは、そっと息を吐く。

「人が多いな」

「そうですね。突発的に開かれたお祭りなのに、こんなに人が集まるなんてすごいです」

「ロンディルスは観光地でもあるからな。ここ最近は魔物が出るということもあり、かなりの人が別の場所に流れてしまったらしい。経済的にもかなりダメージを受けていたようだから、魔物を討伐できて本当によかった」

リュファスがそう呟いたあたりで、女性店員がメニューを持ってきた。

「いらっしゃいませ。お客様方も、祭りを聞きつけやってきたのですか？」

「はい、そんな感じです」

「そうでしたか。なら、あと数日ここで過ごしたほうがいいと思います。ジルベール公爵閣下がお帰りになるのが見れると思いますよ」

「……そうなのですね」

自分の名前が出たことに驚いたのか、リュファスは少しだけ瞠目していた。

しかしそれは、シンシアが見てわかる程度の違いだ。店員に「張本人がここにいる」のだとばれることはないだろう。

そのことに安堵していたら、女性店員は拳を握り締めリュファスのことを力強く語り始める。

「ジルベール公爵様って、本当に美しいんですよ‼　馬上にいるかの方はとてもお綺麗で……ああ、今思い出しても素敵でした……！」

（わかります、わかります。綺麗ですよね！）

この女性店員、リュファスの素晴らしさがよくわかっている。

そうなのだ。馬上のリュファスは、とても美しいのだ。髪や外套が風になびいたりするのもいい。

しかし一番素敵なのは、そのざくろのような瞳が周囲の光景をつぶさに観察しているところだ。

（リュファス様、町の人々を見つめる目がすごく優しいんですよね……その目が本当に綺麗で、ロンディルスまでの道のりで一体何度見惚れてしまったことやら……）

普段、無表情だと思われがちなリュファスが、瞳に感情を滲ませている。それのなんと尊いことだろうか。

そんな思いもあり、同意の意味も込めてこくこく頷いていたら、リュファスに見られてしまった。

（ハッ。いけない、釣られてしまいました……！）

リュファスの正体がばれてはいけないのに私が反応してどうするんですか、とシンシアは己に言い聞かせる。

幸い、女性店員は、シンシアの行動に疑問を持ってはいなかった。そこまで意識が向かなかったようだ。

彼女の語りには徐々に熱がこもり始め、シンシアをも圧倒させる。

「わたしの夫が騎士団にいるんですが、魔物の討伐時もとても素晴らしかったらしいです。あの方がいたからうちの夫も無事に帰ってきましたし、ご自身のことよりも部下のことを気にかける方だって話ですし……ジルベール公爵閣下は、この町の英雄ですよ！」

「そ、そうですか……ありがとうございます」

シンシアは、笑いそうになるのをなんとかこらえながら頷いた。

どうやらこの女性店員は、かなりおしゃべりらしい。その後も語るだけ語った後、笑顔で去っていった。

彼女が去った後リュファスを見れば、頬杖をつきながら口元を押さえている。

その姿が可愛らしくて、シンシアはつい悪戯心が芽生えてしまった。

「……リュファス様、照れていらっしゃいます？」

そうこっそり問いかければ、リュファスが目を逸らしながら頷いた。

「……自分の評価を直に聞くのは、初めてなんだ。だから驚いた……それに王国騎士団に入った理由も、王都にいない機会が多いからとか、王族としての義務だからとか、褒められたものではないし……」

「リュファス様、この世界は結果がものを言うんですよ。ですから、理由がどうであれリュファス様が領民の方々に慕われていることは変わりありません。もちろん、国王陛下だってそうです。王族の方々が民を想っていること、皆が知っていると思いますよ」

「……それなら、嬉しい」

リュファスが微笑むのを見て、シンシアも口元を緩めた。

褒められて喜ぶ子どもみたいだ。可愛い。

（オルコット領にリュファス様が来たことはなかったので、リュファス様の評価をまったく知りませんでしたが……リュファス様ってこんなにも、人々から慕われていたのですね）

自分のことではないのに、誇らしいような気持ちになる。

リュファスが照れているのがまたおかしかった。

（いいこと聞けました）

ほくほくしながらメニューのページをめくっていると、ケーキ欄のところを見てシンシアは目を光らせた。

「チーズケーキ、種類が豊富にあるんですね！」

「ああ、そうなんだ。ロンディルスはパイ発祥の地として有名だが、チーズケーキもとても美味しい」

「チーズも乳製品ですからねえ……あ、そうです。リュファス様ってどんなチーズケーキが好きですか?」

「そうだな……ベイクドチーズケーキが好きだな」

「おお!　仲間です!」

チーズケーキというものは、とても奥深いものなのだ。

ケーキ好きの間ではチーズケーキ論争というものがあり、どのチーズケーキが好きかで争いになることも多い。

シンシアはなんでも好きだが、どっしりしたベイクドチーズケーキが一番好きだった。

レアチーズケーキやスフレチーズケーキにも、それぞれのよさがあると思っている。リュファスとは論争にならずよかったな、と少しホッとした。

「では私は、このポットパイとベイクドチーズケーキにします」

「じゃあわたしは、ポットパイとスフレチーズケーキにしよう」

あれ?　とシンシアは首をかしげたが、リュファスは手早く店員を呼ぶとさっさと注文してしまった。

(リュファス様、スフレチーズケーキでいいのでしょうか?)

気になったが、リュファスがいいと思っているならと流すことにする。

ようやく落ち着いたところで、リュファスがシンシアを見る。

そして、深々と頭を下げた。

「シンシア。三日前はすまなかった。感情的になってしまった」

「え……そ、そんな、謝らないでください！　気を悪くするようなことを言った私もいけなかったのですから……」

「いや、シンシアは悪くない。ただ、エリックと君が町を歩いたと聞いて……嫌な気持ちになったんだ。できることならわたしが、シンシアと一緒に町を回りたいなと思っていたから」

リュファスはこういうとき、自分の気持ちを素直に言う。だから心に直接響くのだ。

シンシアは照れつつも、たどたどしく口を開く。

「そ、それは……う、嬉しいといいますか……それにあの、ほんと私、バーティス様は紳士的でとても素敵な方だとは思うのですが……リュファス様とお話ししている時間のほうが、楽しいのです。そこだけは知っていただけたらとっ」

「そう……か」

リュファスの空気が明るくなるのを、シンシアは肌で感じた。

表情に出ないからわかりづらいが、嬉しそうな雰囲気を醸し出している。不思議な人だなとシンシアは笑った。

「それにしても、魔術って本当にすごいのですね。魔物が出て一人も怪我(けが)をしないなんて、私ちょっと信じられません。オルコット領で魔物が出れば、騎士の方は誰かしら怪我をしていましたから」

「ああ。確かに、魔術師がいるのといないのとでは全然変わるな。魔術師は遠目から全体の動きを見ることができるから、危ない場所に向けて魔術を放ったりすることもできる」

「そうなのですね。普段洗濯やお掃除とかのときしか魔術を使ったところを見たことがないので、驚きました」

「そういう魔術も大事だぞ？　特に生活を支える基盤となっているものなど、なくなったら大変だ。ケーキも食べられなくなってしまうしな」

「……ふえ、ケーキですか？」

自分の好きなものの名前が出て、シンシアは驚いた。一体、ケーキと魔術がどう関係しているというのだろう。

「焼き菓子はそうでもないが、生クリームなどを使ったケーキは腐りやすいんだ。それを抑えるためには、氷などで冷やす必要がある」

「確かにそうですね……でもそうなると、お金が」

「そうだな。そこで魔術の出番だ。ケーキを保存しているショーケースがあるだろう？　あれには、状態を維持するという魔術円が組まれているんだ。材料なんかを保存しているケースも同じだな。場所によっては温度を下げる魔術を使っているところもあるが、それは冷たいものに使うことが多いな。アイスとかジェラートとか」

「なんと！」

今まで何気なく見てきたものだが、今度から見る目が変わりそうだ。

もしかしたら自分が知らないだけで、結構身近に魔術が使われていたのかもしれないと楽しくなった。

シンシアが目を輝かせるのを見て、リュファスも嬉しそうだ。

「やはり王都のほうが、最新技術が使われていることが多いが、魔術は平民にとっても身近なところに使われているんだ。そういう目に見えないことで、この国の文化水準を上げてくれている魔術師たちもいる。そういうのは兄上が派遣してくださっているんだ。だからわたしは、独占派に力が傾いてしまうのだけは避けたいと思っている。独占派がこの国を支配したら、きっとそういう文化や娯楽も町からなくなってしまうだろうから」

「一大事ですね、それは……私の生きがいがなくなってしまいます」

シンシアは神妙な顔をして頷いた。

独占派と推進派の争いは、思っていたよりも大変な事態を招きそうだ。

今まで危機感をあまり持っていなかっただけに、その大切さを身をもって知ることができた。

そんなふうに真面目な顔をして話をしていると、料理とケーキがやってくる。

テーブルの上に置かれた料理を見て、シンシアは目を輝かせた。

「こ、これがポットパイですか……！」

ポットパイは、マグカップほどの大きさのカップの上にパイが覆いかぶさったものだった。こんがりとキツネ色に焼けたパイ生地が食欲をそそる。

チーズケーキのほうには、ホイップクリームといちごのソースが添えられていた。この時期はいちごが使われているケーキが多いから、色鮮やかで楽しい。見るからに美味しそうだ。

するると、お腹がくうっと鳴った。

（そ、そういえば、今朝は何も食べていませんでした……！）

だからってこういうタイミングで鳴らなくても！　とシンシアはお腹を押さえながら思う。リュファスだけでなく店員にまで聞かれ、羞恥心が二倍になった。

「ふふふ。そんなふうにお腹を空かせて待っていただけるなんて嬉しいです。お二人は新婚旅行でこちらに？」

「し、新婚旅行っ⁉」

「あら、違いましたか？　ならカップル？」

「ち、」

違います。そう言おうと思ったのに、リュファスは意味ありげな顔をして。

「そんなところだ」

そう言った。途端、シンシアの顔が真っ赤になる。

（も、もしかしなくてもリュファス様、私をからかって遊んでませんか⁉）

話を適当にやり過ごすためだと仮定しても、たちが悪かった。珍しく意地悪な顔をしているし、きっとそうに違いない。

ギルベルトの悪い影響でも受けたのではないかとシンシアはひやひやした。もしその影響を与えたのだとしたら、シンシアが悪いということになる。それは困る。

（というより、グラディウス公爵閣下がやるよりもリュファス様がやったほうが破壊力がすごいのですから、本当にやめてください……心臓に悪いのです……！）

そんなシンシアの様子を見て何を思ったのか、女性店員は生温かい視線を向けてくる。

「どうぞごゆっくり」なんて言っていなくなったのだから、完全に勘違いしていた。

（いや、嬉しいんですけど……嬉しいんですけども、両想いではないので複雑です）

リュファスのことをじとりと睨みながら、シンシアは再度お腹が鳴る前にポットパイを食べようと食前の祈りを捧げた。

準備が終わり、スプーンを手に取る。

パイに突き刺せば、中から色々な具材がたくさん入ったクリームシチューが出てきた。玉ねぎ、にんじん、じゃがいも、鶏肉。それらが大きめに切られ、とろみのついたホワイトクリームと絡んでいる。パイと合わせて口に含めば、その熱さに驚いた。はふはふと、口元を押さえながら咀嚼する。

（お、美味しい……！）

サクサクのパイととろとろのホワイトクリームが口の中で絡んで、幸せな気持ちになった。

野菜や肉が大きめに切られているからか、素材の味や食感がしっかりする。ちゃんと火を通しているからか、にんじん独特のえぐみをあまり感じなかった。

「すごく美味しいです……お腹空いてたから、余計に美味しいです……！」

「そうか……ん、確かに美味しいな」

「はい！　バーティス様にオススメされて気になっていたので、食べられてよかったです」

そこまで言ってから、シンシアはハッと口を手で覆った。

（しまった、私ったら、また同じ過ちを――！）

ついうっかり本音を吐いてしまい、上がっていた熱が一気に冷めてしまった。恐る恐るリュファスのほうを見れば、彼は無言でこっちを見ている。

「……エリックとは、どんな話をしたんだ？」

しかしリュファスは三日前のように怒らず、優しくそう聞いてきた。

その変わりようにびっくりしながら、シンシアは唸った。

「確か……初めは、リュファス様と一緒に食べるケーキ屋さんを案内してもらいながら……その道中で、パイのジンクスを聞きました。家族と食べると仲が長続きし、恋人と食べると結婚できるとかなんとか……あ、そこでパイが好きかどうかと聞かれましたね。私、ケーキの中で一番アップルパイが好きなので、好きですって答えました」

「……アップルパイが好きなのか？」

「はい！　オルコット領では秋になるとリンゴの収穫とかも手伝うのですが、そのリンゴを使って作るパイが絶品で……最近はご無沙汰ですが、あの焼きたてパイが一番落ち着きますねえ」

リュファスの機嫌がよいことを確認したシンシアは、あっと声を上げた。

「リュファス様は、どんなケーキが一番好きなのですか？」

「わたしか？　わたしは……いちごのショートケーキかな」

「…………申し訳ありませんでした。初めてお会いした際、リュファス様が一番好きなものを先に食べてしまって……」

かなりの回数失礼なことをしている自覚はあったが、どうやら序盤からかなりの失態を犯していたらしい。思わず目線を逸らすと、リュファスが肩を震わせた。

「わたしが好きに選べと言ったんだ。気にするな。結果として食べることができたしな。それに……今となっては、あれでよかったと思う。わたしにとってケーキは一人で食べるものだったが、ああいう楽しみ方があるのだと学べたからな。一人で食べるよりも美味しかった」

「それならよかったです」

リュファスもどうやら、オルコット家式ケーキの食べ方を気に入ってくれたらしい。

「ああ。だから、シンシアと違うケーキを頼んでみた」

だが続けて発せられた言葉に、シンシアは固まってしまった。ぽろりと、スプーンがテーブルに落ちる。

やってはならない粗相に普段ならもっと慌てたが、このときばかりは無理だった。

（え、ちょっと待ってください……もしかしなくても、私と一緒に別のケーキを食べたいから、スフレチーズケーキを頼んだのですか……？　え、え……か、か……かわ……い、いっ……!?）

これが惚れた弱みというやつなのだろうか、リュファスの行動が可愛く見えて仕方ない。耐えきれず、シンシアは両手で顔を覆った。

「……シンシア？　どうかしたか？」

「……お気になさらずに。大丈夫です、少し……ダメージを負っただけですので……」

真面目に言っているのがまた、なんともいえずシンシアの胸をときめかせる。

（私の今の立場はメイドなので、主人であるリュファス様にこんな感情を抱くのは間違っているのでしょうけれど……でもなんていうか、とても幸せです）

想いを口にすることはまだできないけれど、それでも一緒の時間を共有できるというのはとても心地好かった。

それから、地味なダメージから回復したシンシアはリュファスとケーキを分けっこする。

ベイクドチーズケーキはどっしりと濃厚で、スフレチーズケーキはふわふわと軽く、口の中でしゅわしゅわ溶けていった。

（うーん、美味しい……！）

まったく違う味をした二つのケーキに、シンシアの機嫌は最高潮になる。

「チーズケーキ、美味しいですねえ」

「そうだな。舌触りといい味といい、全然違うから、違った楽しみができるな。同じチーズケーキなのにこうも違うとは……菓子職人は本当にすごい。その発想力は一体どこからやってくるのか」

「きっと、私たちとは違う頭の構造をしているんですよ……料理長なんて、私のふわっとしたアイディアを形にしてくれましたし……何かが違うんですよ」

「そうだな。ありがたいものだ」

「そうですね。これからも、ケーキが美味しく食べられる国であってほしいです」

「そういう意味でも、わたしは頑張らねばならないな」

「……私も次の正餐会のために、今から準備しておかないといけませんね。リュファス様の平穏のためにも」

「頼りにしている」

「はい！　これからも、誠心誠意努力します！」

これから先ずっと一緒にはいられないけれど、それでも、リュファスの屋敷でメイドとして働いた記憶は宝物になると、シンシアは思う。

（その頃にはきっと借金も返済できてるでしょうし……私も、リュファス様に想いを伝えることができるでしょうから）

早くて三年後くらいだろうか。

三年後、リュファスが誰かと結婚していたら諦めるが、それくらいの夢を見てもいいだろう。

他者から見たらどうしようもないくらい馬鹿馬鹿しい願いでも、シンシアにとっては希望なのだから。

そんな会話を続けた後、二人はカフェテリアを出た。

人混みの中をかいくぐりながら色々な店を見て回り、シンシアはナンシーとレイチェルのお土産を購入する。メイクを施し、素敵なドレスを貸してくれたお礼だ。

広場に来ていたサーカスや手品なんかも見た。

玉乗りピエロの曲芸に目を見張り、手品師の帽子から白い鳩が飛び立ったことに驚き、他の観客と一緒に歓声を上げた。

王都にもサーカス団が来ていたことはあったが、仕事ばかりでそういう娯楽を楽しむ機会がなかったシンシアにとって、それはひどく新鮮な体験だったのだ。

リュファスがとなりで、

「魔術を使えば鳩くらい出せるが……しかしあの手品師は魔力をまったく使っていないし……原理がわからん」

と本気で悩んでいたのが、おかしくてたまらなかった。

それから二人は時間が許す限り、祭りを楽しんで回る。

二人がモンレー伯爵邸に戻ってきたのは、空が黄昏色に染まってからだった。夕食の時間ギリギリといったところだろうか。

「シンシアと二人きりで出かけていたことがバレるのは、まずいな」

「そ、そうですね……」

「……ここは少しだけ、ズルをしようか」

「ズル、ですか？」

「ああ」

リュファスが人差し指を立て「しー」と言ってきたので、シンシアは素直に口をつぐむ。

すると、リュファスがシンシアを横抱きにしたではないか！

あまりにも自然な動作で抱き上げてきたので反応が遅れてしまった。

驚きのあまり声が出そうになるのを、シンシアは手で口を塞ぐことで耐える。

次の瞬間、リュファスが何か呟いた。

『闇の精霊よ、我らの姿を隠せ。風の精霊よ、我らの体を支えよ』

聞いたことのない言葉だったが、なんとなくわかる。おそらく、魔術を使う際に必要な精霊言語というものだろう。

しかしやってきた衝撃は、予想していないもので。

（え、い、ま……と、飛んでます……⁉）

シンシアとリュファスは今、空の上にいた。

屋根に乗せてもらうために体を浮かしてもらったことはあったが、今回はその比ではない。リュファスの背中に羽根でも生えているかのように宙を飛んでいるのだ。

その感覚はとても新鮮で、心までふわふわと浮いているような気持ちになる。

リュファスはそのまま体を浮かせると、窓が開いていた二階の部屋に入った。

そこは、シンシアが使わせてもらっている部屋だった。

シンシアを床にそうっと下ろしながら、リュファスは笑う。

「ナンシーたちに、窓を開けておくように言って正解だったな。楽しくて、帰るのがギリギリになってしまった」

「本当に、とても楽しかったです」

「……それじゃあ、わたしは出る。……今度は我が家のタウンハウスで、またお茶会を開こう」

「はい。美味しいお菓子屋さん、探しておきますね」

シンシアは笑顔でリュファスを見送った。窓の扉をしっかりと閉めて鍵をかけてから、彼女はずるずると床に座り込む。

「…………どうしましょう。リュファス様のこと、もっともっと、好きになってしまいました」

笑った顔、優しげな視線、注視していなければわからない程度の、表情の違い……そのすべてが、愛（いと）おしくてたまらない。

顔だけじゃなく、耳や首まで赤くなっているのが自分でもわかった。リュファスの前で

よく取り繕えたものだ。恋とは厄介なものだと同時にとても満ち足りた気持ちになる温かいものなのだな、とシンシアはこのとき実感する。

——幸せすぎて、今日は眠れそうになかった。

*

そんな夢のような一日は終わり、早六日。シンシアたちは王都にあるタウンハウスに帰ってきていた。

一日休みをもらったので、万全の態勢での仕事となる。

その日は珍しく曇っていた。

なので雨が降る前にといつも通り洗濯をし、リュファスを見送り、他の仕事に移る。

なんてことはない、少しだけ違うがそれでもいつも通りの範疇(はんちゅう)にはある程度の日だと、そう思っていた。

「あ、シンシア。ちょうどいいところに」

「レイチェルさん？　どうかしましたか？」

昼食後、シンシアは着替えるために一度使用人屋敷に戻ろうとしていた。そのとき、使用人屋敷に続く渡り廊下でレイチェルに会ったのだ。彼女の手には手紙がいくつも握られている。

それを見たシンシアは納得する。

「レイチェルさん、今日の郵便担当なんですね」

「そうなんだ。今日はたくさんあるから大変で……」

両手で持ったたくさんの手紙をシンシアに見せながら、レイチェルは唇を尖らせた。

ジルベール邸の使用人には、週替わりで郵便担当が割り振られる。

朝、昼、晩とポストを覗きに行ったり、ポストに入らない郵便物が来たときは受け取ったりするのだ。もちろん使用人宛ての手紙も届くが、大半は主人であるリュファス宛てのものだ。

今回はポストによく入ったな、という量の手紙がレイチェルの手に握られていた。

レイチェルはその中から一通の手紙を抜き取ると、シンシアに手渡してくる。

「はい、これ。シンシア宛てだよ」

「私ですか？　珍しいですね……。レイチェルさん、ありがとうございます」

「いいえー。わたし、着替える前に皆に手紙届けてくるね」

「はい、いってらっしゃい」

レイチェルを見送ってから、シンシアは手紙を見た。

送り主を見れば、そこには『ヨゼフ・アイン・オルコット』と書かれている。シンシアの父の名だ。封蝋にもしっかりオルコット家の紋章が刻まれているから間違いない。

（お父様から手紙なんて、珍しいです。何か、事業に動きでもあったのでしょうか？）

オルコット家の中心人物は、母親だ。母はむやみやたらと紙を消費するのを嫌がるため、手紙を送ってくるとなると大きな動きがあったときのみだ。

そんな事情を知っていたシンシアは、気になったので歩きながら封を切ることにした。マチルダに見つかったら大目玉を食らいそうなので、周囲を警戒しつつの開封となる。そそくさと使用人屋敷の中に入り、廊下を歩きながら手紙を取り出した。

今回の手紙は、三枚あった。嫌な予感がして一枚目に目を通すと、明らかにテンションが上がっているときに書いたであろう文字が連なっている。

そのとき、シンシアの脳裏に頭を抱えた母親の姿がよぎった。

（お母様、手紙の枚数に、きっと嘆かれたでしょうね……）

書いてしまったなら仕方ない！　と、やけくそ気味になりながら郵便配達員に荷物を届ける母の姿が、容易に想像できた。

不憫だなと思いつつ、シンシアは手紙を睨む。

（こういうときのお父様は、最後のところに本題を書くんですよね）

どうしてだろうか。父は気持ちが高ぶると、前置きが長くなるのだ。研究の論文は始めに命題を示して簡潔にわかりやすく書ける人なのに、おかしなものである。

時間がないので、さっさと三枚目に書かれているであろう本題に目を通すことにする。

「ですがこれだけお父様が楽しそうにしてるってことは、前に言っていた取引先とうまくいったのでしょうか？」

そう笑いながら、三枚目の便箋を読み進めたときだ。

「…………え？」

思わず、声が出た。足が止まってしまう。

目を瞬かせながら、シンシアは改めて一枚目から手紙を読み始めた。

一文字一文字を読みこぼすことなく、しっかりと頭に入れる。

そこには、事業が成功したことやその経緯、そして今まで頑張ってきたシンシアに対する謝罪と感謝が書き連ねてあった。指先から体温が奪われていく。

再度三枚目を読みきったが、その内容がまだ信じられなかった。あまりのことに現実を直視できない。

三枚目の最後には、こう書き綴られていた。

『王家御用達のパティスリーに目をかけてもらった結果、借金返済の目処が立った。すぐに帰っておいで』

「…………今、すぐ？」

書かれた内容に呆然としながら、シンシアはその場に立ち尽くす。

開けてあった窓から入り込んだ湿った風が、彼女の髪をさらっていった――

六章　片想い伯爵令嬢、想いを綴る

父から手紙が来た当日の夜。昼過ぎから一気に天気が傾いたためか、外には雨が降り注いでいた。

地面を強く打つ雫(しずく)はジルベール公爵邸の庭を穿(うが)ち、庭師の手により丹精に整えられた場所を汚す。

そんな雨が降る中、シンシアはリュファスの部屋にお邪魔し、その手紙を彼に見せながら事情を説明した。

「……そうか。契約は借金が返済し終わるまでだったし……なら、仕方ないな。この手紙からも、君の父上がとても心配していることがよくわかる。娘のことが心配なら、早く帰ってきてほしいと思うのは道理だろう」

「……そこまで考えてくださり、ありがとうございます」

「ああ。だから、帰郷はできる限り早いほうがいいだろう」

「あ、え……は、い。そうです、よね」

「ああ。そうだな……一週間後はどうだ？」

（一週間後……!?）

シンシアは心の中で叫んだ。

リュファスの配慮は嬉しいし、二年ぶりに実家に帰れるのも家族に会えるのも嬉しい。嬉しいのだ。

一週間という短い期間も、シンシアを慮ってのことだろう。しかしそれはリュファスの元から離れるのを躊躇っていた彼女にとって、あまりにも短すぎる猶予だった。

（ど、どうしたらいいのでしょう……）

シンシアがここで嫌だと言えば、リュファスはなぜだと首をかしげるだろう。それに、もともとの契約内容にも反することになる。

シンシアは、喉元まで出てきた「帰りたくない」という言葉をぐっと飲み込んだ。

（ここで変なことを言ったら、リュファス様を困らせることにもなります。それは……嫌です）

手のひらを強く握り締めたシンシアは、意識して普段通りの笑みを浮かべる。

「……はい、ありがとうございます。……残り一週間、誠心誠意勤めさせていただきます」

「ああ、頼む」

ずきりと、胸が痛む。

それを堪えながら退出したシンシアは、私室に入ると同時にへたり込んだ。

「……やだ。リュファス様と離れるの……嫌です……っ」

手で顔を覆いながら、シンシアは泣き崩れる。

（どうしたら……どうしたらよいんでしょう、私、どうしたら……！）

その夜、シンシアはまともに眠ることができなかった。


翌日。空は晴れ間を覗かせていた。昨日の雨が嘘のような快晴だ。

それに合わせて、シンシアの気持ちも幾分か晴れている。

（泣いていたって仕方ありませんし……それに、こんな気持ちを抱えたまま実家に帰るのは、私らしくありません）

だからシンシアは、契約終了時にリュファスに手紙を書こうと思っていた。リュファスへの想いを綴った、ラブレターを。

面と向かって言えるだけの勇気はないけど、でも想いを伝えたい。

そんな想いを抱えたまま夜悩みに悩んだ結果、シンシアはラブレターを送ろうと考えたのだ。

ただ答えを聞くのが怖いので、最終日に誰かに頼んでそのまま実家に帰るつもりだが。

（面と向かって言われるより、手紙で断られたほうがダメージも少ないですし！）

女のほうから手紙、しかもラブレターを送るという、この時代からしたらかなり積極的なことをしようと考えながら面と向かっては言えないというのが、シンシアである。

妙なところで積極的で、変なところで消極的なのだ。家族にも「それどうなの？」とよく言われる。

（だって仕方ないじゃないですか……恥ずかしいですもん！）

自分に言い訳をしながら、シンシアは眠い目をこすりつつ今日も仕事をするために本邸にある使用人共同部屋へと向かった。

「おはようございます!!」

そう声をかけながら部屋に入ると、そこには既に多くの使用人たちが集まっていた。

マチルダがいるのにざわざわしながらおしゃべりしているのは珍しいな、とシンシアは思う。何か非常事態でもあっただろうか？

彼らはシンシアが登場すると、バッとこちらを振り返る。誰も彼も、何やら焦っているようだった。

「お、おはよう、シンシア」

皆が口々に挨拶をしてくる。

その中の一人が、躊躇いながら聞いてきた。

「えっと……メイド長から聞いたんだけど……辞めるって、本当？」

「あれ、もう皆さん知っていらっしゃったのですか？　えっと、はいそうです。来てそんなに経っていないのにもう辞めるなんて、すごく申し訳ないと思うのですが……」

多分皆さん怒っているのだろうなと思い、シンシアは謝罪する。

おそらく昨日のうちに、リュファスがメイド長に言ったのだろう。

情報伝達が早くてすごいなとシンシアは思った。さすがジルベール公爵家の使用人たちだ。

しかし使用人、その中でもナンシーとレイチェルは、勢いよく首を振った。彼女たちはシンシアのほうに駆け寄り、こそこそと耳元で囁く。

「それは全然いいんだけど、だけど……！　えっと……その、シンシアはいいの？」

「そうだよ、シンシア！　だってほら……シンシアってリュファス様のこと……」

どうやらナンシーとレイチェルは、シンシアの恋心に関して言っているらしい。そういえばこの二人は知っていたな、とシンシアは思った。

（というより、ロンディルスに行ったときにお二人が言ってきたから、私も自覚したわけですし……リュファス様とのお出かけで、ドレスを貸してくれたりメイクをしてくださりとお膳立てしてくださいましたから、当たり前ですよね）

昨日散々泣いて考え抜いたシンシアは、比較的冷静に答えることができた。

「大丈夫です。気になさらないでください」

笑ってそう言えば、二人だけじゃなく使用人皆が顔を見合わせている。

（……あれ？　この空気、なんでしょう……？）

ちょっとよくわからない。周りの空気を読むことに長けているつもりだったが、どういうことだろうか。

「…………仕事を始めますよ、皆さん」

無言のまま見つめ合う部下たちを見かねたのか、マチルダが呆れながら言う。

それを機に、その話はうやむやになってしまった——


使用人間での微妙な空気を保ちながらも、シンシアは今日もいつも通り仕事を進めていた。

しかしリュファスが出かけた後朝食を取っているタイミングで、執事長であるロランが困った顔をして使用人共同部屋にやってくる。その手には、大きめの封筒が握られていた。

「いやはや、困りましたね……」

「どうしたのですか、ロラン」

「いやですね、マチルダ。どうやらリュファス様が、書類を忘れていったようで……」

「リュファス様が？　それは珍しいですね。すぐに届けねば」

そんな会話が聞こえてくる。

(リュファス様が忘れ物、ですか……いつもちゃんとしているイメージがあるのに、本当に珍しいですね)

リュファスは相手に付け入る隙を見せないために、普段から細かいことにも気をつけている。身だしなみをきっちり整えていたり、事前準備に余念がないのもそのためだと、シンシアはこの三か月で理解していた。

スクランブルエッグを頬張りながら、シンシアは唸る。

（体調でも悪いのでしょうか？　もしかして旅疲れが？　ほとんど遊んでいたようなものだった私たちはともかく、リュファス様はお仕事をしていたわけですし……疲れが残っていたというのはあり得ますね）

もぐもぐと咀嚼しながら考え事をしていたときだ。バッと左手を摑まれた。

摑んできたのは、となりの席に座っていたレイチェルだった。

「ひえっ⁉」

「メイド長！　リュファス様に忘れ物を届けるの、わたしとシンシアが行きます‼」

「……へ？　え、えええ⁉」

執事長であるロランあたりが行くのだろうと思っていたシンシアは、唐突な立候補に驚く。

（いやいやいや、レイチェルさん！　立候補したところでダメだって言われるでしょう！　あのメイド長ですし！　というよりなぜここで立候補⁉）

寝不足のせいで頭があまり働いていないからだろうか。わけがわからない。

「いいでしょう」

「え、え…………………え？」

しかし却下されるとばかり思っていた提案は、マチルダの二つ返事により通ってしまう。

「ありがとうございます！　さ、シンシア！　行くよ！」

「へ、あ、はい！」

朝食を半分ほど残した状態で、シンシアとレイチェルは書類を抱えジルベール家専用の馬車に飛び乗ることになった。

いつの間に、従者が到着していたのだろうか。シンシアたちが乗ると同時に、馬車がゆっくりと動き出した。馬のいななきが聞こえる。

「よっし！　ナイスイベント！」

「……イベント、ですか？」

「あ、気にしないでシンシア。こっちの話だから」

「は、はい……」

馬車の中でレイチェルがガッツポーズを掲げるという奇行に走ったが、理由は不明。

そうこうしている間に、馬車はさっさと王城に着いた。

城に来るのはこれで二度目になるシンシアは、その大きさに内心ほわーと奇声を上げてしまう。

（この二年間、遠目からしか見てきませんでしたが……とても立派ですね）

思えば、王都に行くと決めた理由に「お城がいつでも眺められるから」というのも入っていた気がする。

白亜の壁面に真紅の屋根が特徴な城は、貴族令嬢らしいキラキラしたものに憧れているシンシアにとって、夢のような場所だった。

何度思い返してみても、デビュタントのときに食べたケーキは美味しかったなと思う。

（そういえば、一番の夢である『王家御用達の菓子職人にうちの小麦を使ってもらう』は

叶ったわけですよね。はー、夢っていつ実現するかわからないですね）

リュファスと離れるのが嫌ですっかり忘れていたが、『借金返済』と『王家御用達の菓子職人にうちの小麦を使ってもらう』という目標は二つ達成していたのだ。

すごいことだなと思うと同時に、いつの間にか『リュファスと一緒にいる』というのがシンシアにとって一番の幸せで、『リュファスに告白する』というのは一番の目標になっていたことに気づき、苦笑する。

（目標をころっと変えてしまうなんて……恋心、おそるべし）

そんなことをぼんやり考えていたら、レイチェルに怒られてしまった。

「シンシア！　急ぐよ！」

「は、はい！　すみません！」

朝から気合いたっぷりのレイチェルに引っ張られながら、シンシアは王城の中に入っていったのである。

手続きなどはレイチェルがすべてやってくれた。その慣れた手つきを見て「さすが元王宮侍女」と思った。

シンシアにできることといえば、大切な書類を抱えたまま突っ立っていることだけ。

気づけば城に入れるようになり、レイチェルの案内の下元リュファスがいる王国騎士団の棟に向かっていた。

「リュファス様、この時間なら多分朝練をしてると思うんだけど……」

「レイチェルさん、リュファス様が何をしているかわかるんですね？」

「リュファス様のお城でのスケジュールは、昔からほとんど変わらないから。行事があったら変わるけどね」

「そうなのですね」

「うん。あ、音がするから、やっぱり朝練してる」

レイチェルが指を差した先には、吹き抜けになった空間があった。

そこが訓練場なのだろう。耳を澄ませば確かに、キンキンッという金属が合わさるような音が聞こえる。

近寄るにつれて大きくなる音に驚きながら、シンシアたちは訓練場の前まで来て――

「……わぁ」

思わず、そう呟いてしまった。

訓練場には、男たちの咆哮と剣戟（けんげき）の音で満ちていた。

遠くにいても感じ取れる迫力に、シンシアは呆然とする。

その中でも特に目立っているのは、リュファスだった。

（リュファス様……すごく綺麗）

この怒号の中綺麗というのは間違っているとわかっていたが、そう思ってしまう。それほどまでに、リュファスの動きは滑らかだったのだ。

リュファスは、複数の騎士を相手に立ち回っていた。

踊るような足取りで踏み込み、リュファスは相手の手元、それも剣を握っているほうに自身の剣の柄（つか）を叩きつける。

それで一人が脱落。

その隙に後ろから迫る騎士が剣を振り上げていたが、リュファスは振り下ろす動きよりも早くステップを踏んだ。シンシアの目では追えないほど早い。

瞬時に回避したリュファスは、その騎士の背後に回ると首元に手刀を叩きつけた。騎士は喉から乾いた声を出すと、そのまま床に突っ伏してしまう。

「その程度か！　魔物に隙を見せれば、瞬時にやられるぞ！」

今までに聞いたことがないくらい鋭い声で、リュファスが叫ぶ。

その姿は、屋敷にいるときと同一人物なのかと疑ってしまうほどの迫力があった。

「あらら……リュファス様、本格的に訓練してたね。シンシア、怖くない？」

「…………っこいいです」

「……うん？」

「リュファス様、すごく、かっこいいです……素敵……」

「あ、そう……うん、シンシアってそういう子だったよね……怯えるより先に、好奇心とかが勝っちゃう子だったよね……わたし慣れてたから訓練場来ちゃったけど、シンシア女の子だし怯えちゃうかな？　って思って失敗したなって思ったら、取り越し苦労だったわ
……」

レイチェルが何やら呆れていたが、今のシンシアにはリュファスしか見えていない。

だって、剣術をやっている殿方なんてかっこいいではないか。

好きな人の色々な顔が見られるなんて、楽しいではないか！

「レイチェルさん、何がなんだかわかりませんでしたが、連れてきてくださりありがとうございます！　実家に戻る前にいいもの見られました！」

「あ、うん。どういたしまして……あ、訓練、一段落ついたね」

レイチェルの言う通り、訓練は休憩に入ったらしい。汗を拭くためにか、リュファスがこちらへ歩いてくるのが見えた。

瞬間バッチリ目が合い、リュファスが瞠目する。

「シンシア……？」

声を上げるのはどうかと思い、シンシアは書類の入った封筒を掲げた。

それを見て、リュファスはすべてを悟ったようだ。足早にこちらにやってくる。

「お疲れ様です、リュファス様。忘れ物をしていたので、レイチェルさんと一緒に届けに参りました」

「あ、ああ、そうか……訓練、見ていたのか？」

「はい、ばっちり。リュファス様、とてもお強いのですね。素敵でした」

笑顔でそう言えば、リュファスが何やら衝撃を受けていた。

「そ、そうか……すてき、すて、き……」

「リュファス様、シンシア普通と全然違うので。見た目は普通ですが中身アレなので、リュファス様が気にしているようなことにはなってません」

「アレってなんですか、レイチェルさん」

「そうみたいだな……」

レイチェルは結局、シンシアの疑問に答えてはくれなかった。ただリュファスはなんのことかわかっているようで、もやーっとした気持ちになる。

が、ここは男所帯。しかもリュファスが話をしているということもあり、シンシアとレイチェルの存在に騎士たちがざわめき始めた。

リュファスが眉をひそめ、鋭く「静かにしろ」と言い放つと、喧騒は嘘のように静まる。

なのに、シンシアに対しては屋敷にいるときと同じように優しい顔をしてくれた。

「ありがとう、シンシア、レイチェル。この書類は大事なものだから、とても助かった」

「いえ、気づかれたのは執事長ですので、帰ったらお礼を言って差し上げてください」

「そうする。それでは二人とも、気をつけて帰るように」

「はい。御配慮痛み入ります」

書類をしっかり渡したシンシアは、ぺこりと頭を下げた。

やることが終わったので元来た道を戻っていると、レイチェルが目元を片手で押さえながら嘆く。

「恋愛小説にありがちな、関係が進展する展開を組んでみたのに……なんでそれっぽい感じにならないの……！　なんなのこの二人！」

「ええっと？　……レイチェルさん、恋愛小説読むんですね？　私お金がないので、読んだことなかったです」

「読むよ！　大好物だよ！　今日から貸してあげるから、シンシアも読んで⁉」

「えっ」

リュファスに忘れ物を届けた結果、シンシアはなぜか恋愛小説を読むことになってしまった。

＊

それからメイドを辞めるまで、シンシアは空き時間に恋愛小説を読むことになった。

それと同時に、普段よりもリュファスと会う機会が増えたのだが、特に何もなく。すごく普通に日常は過ぎていった。

その度にナンシーやレイチェル、その他の使用人が嘆くような声が聞こえた気がしたが、気のせいだろう。

恋愛小説に関しては、貸してもらった分はすべて読破したが「面白いな」という以外に感想が湧かなかった。それを言ったら、レイチェルに余計怒られた。

（もっと詳しい感想を言ったほうがよかったでしょうか……騎士様と平民の娘さんがお付

き合いするなんて、夢のある話だなってときめいたなとか……私とリュファス様の立場が似ていて、ちょっと羨ましいなと思ったなとかって……）

意識しすぎているようで恥ずかしかったから当たり障りない感想を言ったのだが、それが気に入らなかったのだろうか。

むむむ、と少しだけ悩んだ。それも数分だったが。

シンシアが辞める前日は、それはそれは盛大なパーティーが開かれた。

正餐会の後に開かれたお疲れ様会を思い出すパーティーで、少しびっくりする。しかし皆「シンシアがいなくなると悲しい」と言ってくれ、思わず涙ぐんでしまった。

仲よくなれたとは思っていたが、そこまで言ってもらえるとは思わなかったからだ。

ナンシーとレイチェルは、シンシアのために外出用のドレスを贈ってくれた。「そのドレスを見たら、少しでもいいから私たちのことを思い出してほしい」との言葉に、シンシアの涙腺は崩壊した。

三人で抱き着きながら、ぼろぼろと涙をこぼしたのは、シンシアにとって大切な思い出である。

——そしてとうとう、メイドを辞める日になった。

シンシアは今、ナンシーとレイチェルからもらったドレスを着ている。

夏に着ることを想定した、群青色の外出用ドレスだ。

シンシアだけなら絶対に選ばない色のドレスは不思議と似合っていて、シンシアはそのとき改めて「ナンシーさんとレイチェルさんってすごいんだな」と実感する。

使っていた部屋を綺麗に整えたシンシアは、少ない私物を詰め込んだカバンを部屋の端に置きながら吐息した。

「ここを使ったのは三か月くらいでしたが……なんだか一年くらいここにいた気持ちになりますね」

それだけ、密度の濃い日々だったのだろう。実際、普通に生きていたら体験することがなかったことをしてきたと思う。

部屋にカバンを置いたまま、シンシアはナンシーとレイチェルを探した。その手には手紙とバタークッキーが入った紙袋が握られている。

そのクッキーは、シンシアが正餐会の際、リュファスのために作ったものと同じものだ。

今朝、早起きをして作ったのだ。リュファスに少しでも、シンシアのことを思い出してもらえたらなと思ったのだ。かなりの下心があるが、最後なので許してほしい。

（ちょっと、他の人に頼むのは気が引けますからね）

昨日夜遅くまでかかって書き上げたラブレターは、なぜか四枚にもなってしまった。おかしい。枚数が多くなる父親に対して呆れていたが、これからは文句が言えないかもしれない。

この時間なら、ナンシーは洗濯物を干しているだろう。

そう推測したシンシアは、手紙を片手に庭へ向かった。

庭は、一週間前の豪雨の爪痕を一つたりとも残さず、綺麗な花を咲かせている。いつ見ても見事な庭だ。初夏近くなっているからか、薔薇の蕾が綻んでいた。他にも様々な花が咲き乱れている。カモミール、アイリス、クレマチス……春の花もちょこちょこ咲いていた。

その中に春呼び花と呼ばれるエアルを見つけ、シンシアは足を止める。

（リュファス様とのおでかけ……楽しかったな）

あの日のおかげで、エアルはシンシアにとって幸せの結晶になった。

おそらくこれからも、エアルを見るたびにあの日の幸福を思い出すのだろう。そう思うと、胸が温かくなるような気がした。

「リュファス様と今度お会いするときは、見た目も中身もちゃんと貴族令嬢らしい貴族令嬢になってから、お会いしたいですね」

そんな令嬢になるために、シンシアは一歩前に踏み出したのだ。彼女はそう自分を奮い立たせた。

シンシアの予想通り、ナンシーは庭の先にある洗濯物干し場で洗濯物を洗っていた。

「ナンシーさん」

「……あら、シンシア。……ドレス、着てくれたのね」

「はい。せっかくなので、着てみました。素敵ですね、これ」

「似合っていてよかったわ。既製品を手直ししただけなのが憎たらしいけどね……」

唇を尖らせるナンシーに笑いつつ、シンシアは手紙と紙袋を差し出す。

「すみません。今回はお願いがあって……これ、リュファス様に渡してほしいんです」

「……これって……」

「えへへ」

シンシアは笑って誤魔化したが、ナンシーはすべてを悟ったようだ。

きっと瞳を吊り上げたナンシーは、持ち上げた拳を固く握り締める。

「わかった。任せて」

「はい。あ、お仕事が終わった後でいいので。……それでは、さようならナンシーさん」

恥ずかしくなったシンシアは逃げるように、使用人屋敷へと戻ってきた。

玄関で一息つき、一度ぐるりと見回してみる。

「……人がいない使用人屋敷って、こんなにも静かなんですね」

皆今頃、いつも通り仕事をしているのだろう。それを思うと、少しだけ寂しさが胸に滲んだ。

「……いけません、いけません！　今日は記念すべき第一歩なんですから、しんみりしたらダメです！」

ぺちぺちと頬を叩きつつ、シンシアは部屋に置いておいた荷物を取りに行くために階段をのぼった。

カバンから取り出した懐中時計を見れば、午前七時半を指している。リュファスが出かけるのが八時半頃なので、会うことはないだろう。

「今の時間なら、八時の辻馬車には間に合いますね」

リュファスのように私用の馬車を持っていないので、決められたところまで走ってくれる市民用の馬車『辻馬車』を乗り継いでの帰郷になるから、予定では一週間以上かかるだろう。

リュファスがナンシーから手紙を受け取るのが八時半頃だと仮定すると、ちょうどいい時間帯だ。

逃げ切れる。そのことにホッとしたときだ。シンシアはあることに気づいた。

「……あ、ピアス。返すの、すっかり忘れてました」

しかもそのピアスを、今も耳につけている。

ごくごく自然につけてしまうほどこれをつけていたのかと思うと、なんだか笑いがこみ上げてきた。

（高価なものですから、やっぱりちゃんと会って返したほうがいいのでしょうが……会える機会はもうありませんし。リュファス様からお手紙が来たときに、一緒に送りましょう）

もし返信が来なかったらどうしようかなと考えながら、シンシアは廊下を歩く。

ぼんやりしたまま階段を下り、玄関に着いた辺りだった。

バンッ！　と。すごい音とともにドアが開かれた。

「ひえっ⁉」

しかも、そこに立っていたのは、息を切らせたリュファスで。シンシアはぽかーんとしてしまう。

「え……リュファス、さま？」

普段より乱れた格好をしていたが、間違いなくリュファスだ。

シャツとズボンというシンプルな服装をしたリュファスは、シンシアが目の前にいることを知ると同時に叫んだ。

「こんな手紙を残していくやつがあるか！」

「…………へ？　ちょ、ちょっと待ってください……え、手紙がもうリュファス様の手に渡っているんですかっ？　というよりリュファス様、読むの早くないですか⁉」

おかしい。シンシアの予想では、リュファスの手に渡るのはもう少し先だったのに。

しかしリュファスの手には、シンシアが書いたらしき手紙が握られていた。つまり、読んですぐにここに来たのだろう。

なぜこんなところに来たのか、わけがわからない。

動揺のあまりカバンを床に落としながら、シンシアは慌てる。

(ちょ、ちょっと待ってください、心の準備が……！)

不敬極まりないが、逃げようかと考えていたときだ。ぐっと手首を掴まれた。

「ひえ⁉」

「逃がすわけないだろう」

低い声で告げられ、体がこわばる。

「に、逃げませんから、逃げませんから！」

「信頼できないからこのままだ」

「え、ええ！　リュファス様、なんか怒っていませんか⁉」

シンシア以外が見ても、今のリュファスがご立腹だとわかるだろう。一体何が彼をそんなにも怒らせてしまったのか、見当もつかない。

するとリュファスは、シンシアの目の前に手紙を突きつける。

「怒るに決まっているだろう！　なんだ、この手紙は！」

「そ、それは……っ」

「なぜ付き合う条件が、君が金持ちになってからなんだ！」

「……リュファス様が怒ったのは、その部分なんですか⁉」

てっきり「主人に告白したこと」に対して怒られるのだと思っていたシンシアは叫んだ。

（確かに、そういう内容を書きましたけど！）

シンシアは手紙に、今までの思い出と楽しかったことなどを書き込んだのだ。

そして最後の締めに「リュファス様のことが好きです。なのでオルコット家が普通の伯爵家並みの収入を得ることができた頃、リュファス様に伴侶がいなかった場合、私と婚約を結んでもらえませんか？」と書いた。

我ながら完璧な告白だったと思っているのだが、なぜこんなにも怒られなければならないのかわからない。

シンシアの胸にふつふつと、怒りにも似た何かが湧き出してきた。

「いやだって、お金大事ですからね⁉　私みたいな平凡な女と結婚する人なんて、家柄目当てかお金くらいなものですよ！　ですけどリュファス様は私よりも身分は上ですし、お金もありますし……私ができるアピールなんて、それくらいです！」

「なんでそう少しずれてるんだ！　おかしいだろう⁉」

「おかしくないです！　お金、大事ですもん！」

ぎゃあぎゃあと、シンシアとリュファスは言い争う。

お互いに気が高ぶっているからこそ起きた現象だ。二人とも、声を荒らげるようなことはしたことがないのだから。

しかし言い争いがだんだん白熱してくると、何が言いたいのかわからなくなってくる。

「なら、私のどこを見て結婚したいと思うのですか！　やっぱり見た目ですか⁉」

「なぜ今度は容姿のほうにいくんだ！」

「一に見た目、二に家柄とお金が一般的だと聞いたからです！」

「っ、ぁあ、もう！　なぜわからない！」

「わかりませんよ！　わからないから、困っているんじゃないんですか！」

結局何が言いたかったのやら、自分でもわからない。

とにかくシンシアは逃げたくて、リュファスの手を振り払おうともがく。

（もう、なんですか！　勇気出して告白したのに！）

涙目になりながら、シンシアが「もういいです」と言おうとしたときだった。


「もういいから、少し黙ってくれ」


そう苦しそうな顔をして呟いたリュファスが、シンシアの体を引き寄せた。

リュファスの顔が近づいて、シンシアの唇に柔らかい感触が落ちてくる。

（え……なに、こ、れ）

リュファスの端正な顔が間近にあって、ルビーのように赤い瞳がシンシアを射抜いていた。

口づけをされたのだと理解したのは、リュファスの唇が離れてからだった。

「え、な、なん、で」

ぱくぱくと口を開閉させながら、シンシアは言葉をなくす。

それを見たリュファスは、シンシアを抱き締めながら耳元で囁いた。

「……わたしが、好きでもない相手に口づけをすると思っているのか？　君が好きになった男は、好きでもない相手と外出するのを喜んだり、好きでもない相手を抱き締めるような男なのか？　もしそう思われているなら、さすがのわたしも我慢ならないな」

「……それって、つま、り……」

思わず言いよどんでいると、どくどくという音が聞こえた。それがリュファスの胸元から聞こえているものだと知ったシンシアは、頬を朱に染める。

リュファスが、抱き締める力を強めた。

「好きだ。わたしは、シンシアのことが好きだ。……好きという理由があるのに、それ以外の要素を女性側に求める男がいるわけないだろう」

「……あ……」

「金や家柄など関係ない。わたしは、シンシアだからこそ好きになったんだ……これでも君は、裕福になってからわたしと婚約したいと言うのか？」

「……い、え。言いま、せん」

シンシアは緩く、首を横に振った。

「でも……私、リュファス様のこと、ちゃんと支えたいんです。ちゃんと、対等な関係で……」

シンシアの瞳に涙が浮かんだ。それは、自身の不甲斐なさからくるものだ。

事実、今のシンシアがリュファスを支えるのは並大抵のことではないだろう。本来なら、名

　正餐会のときを見てもわかる通り、リュファスの立場はかなり不安定だ。本来なら、名実ともに安定した貴族令嬢のほうが、リュファスのことを支えられるはず。

　しかし今のシンシアには、それがない。それはきっと、付け入る隙になるだろう。リュファスが今まで必死になって守ってきたものを壊すような、愚かな女にだけはなりたくなかった。

　そう思ったら、ぽろぽろと頬を涙が伝う。喉をひくつかせる声を聞き、リュファスが体を離した。

「どうして泣くんだ」

「だ、だって……リュファス様の重荷にはなりたく、ないんです……リュファス様に、幸せになって、ほしいんです……っ！」

「……バカだな、シンシアは。わたしは既に、君に支えてもらっている」

「……え？」

　リュファスの指が、シンシアの涙をさらっていく。

　涙で歪んだ視界の先には、とても優しそうに微笑むリュファスがいた。

「笑わないという選択を取ることで……誰にも愛想を見せないということで争いを避けてきたわたしに、笑顔を思い出させてくれた。人と関わることがこんなにも幸せで温かいのだと、教えてくれた。……シンシア。君は既に、わたしにたくさんのものを与えてくれて

いるんだ。それは、誰にでもできることじゃない」

シンシアは目を瞬かせた。

シンシアが困惑しているのがわかったのだろう。リュファスは苦笑しながら言う。

「それに……シンシアはいつだって前を向いて進んでいた。立ち止まり続けることで現状を維持しようとしていたわたしにとって、君は光のように明るく見えたんだ。……現にわたしは、君に苦しい思いをさせたくないからと、君への想いに蓋をしようとした。見ないふりをした。初めて顔を合わせたとき君に断られたし……今度は本当の気持ちを伝えて断られたらと思うと、どうしても言えなかったんだ。わたしは臆病だから。でも君は、当たり前のようにわたしの中に入ってくるから……もう、立ち止まるのはやめにした」

リュファスさま、とシンシアの口から乾いた声が漏れた。

シンシアを腕に閉じ込めたまま、リュファスは朗々と語る。

「……ロンディルスで、シンシアはわたしに『どうして名前を覚えていたか』と聞いたな。それは、君がデビュタントをしたときに、わたしが君を気になったからなんだ」

「…………え、ええ⁉」

「だって君があまりにも美味しそうに、ケーキを食べていたから……おしゃべりにばかり気を取られて、義姉上がプロデュースしたケーキを食べない令嬢しか見てこなかったわたしには、君がとても新鮮に映ったんだ」

だから後で名前を調べたと、リュファスは言った。

シンシアはぷるぷると震えながら首元まで真っ赤になる。

（誰も見てないと思っていたら、リュファス様が見てたなんて……！　恥ずかしい！　恥ずかしすぎます……‼）

リュファスの胸に顔を預け、赤くなっているシンシアを見て、リュファスがくすくすと笑った。

「だから、町で出会ったときは驚いたよ。思わず名前を呼んでしまったから屋敷に連れてきたが、今は本当によかったと思っている。あの再会は、神様のお導きだったのかもしれないな」

「……私は、誰にも見られていないと思っていたからこそ楽しんでいたデビュタントの私をリュファス様が見ていたという衝撃的な真実を知り、恥ずかしさのあまり悶死しそうです」

「それは困る。ケーキを食べているシンシアはとても可愛いのだから、これくらいは慣れてもらわないと」

「そういう意味で困るんですか⁉」

若干ずれた返答が返ってきた。リュファスは相変わらずマイペースだ。

しかしこのやり取りのおかげか、だいぶ調子が戻ってくる。

そんなシンシアを、リュファスが意地悪そうな笑みを浮かべ見下ろしていた。

「シンシアは本当に可愛らしいな。ころころ表情が変わる」

「…………リュファス様限定です。普段はこんなにも焦ったり怒ったり恥ずかしがったりしませんから」

「そういえばそうだな。普段は笑顔でいることが多い。そうか……それは、わたしのことが好きだから？」

ぐっと、シンシアは喉を詰まらせる。「そういえば口で想いを伝えてはいなかったな」と思った。

それからたっぷり一分ほど沈黙していたシンシアは、意を決して口を開いた。

「……そうです、好きです。ケーキを食べて笑っているリュファス様も、分けっこしたいからっていう理由で別のケーキを頼んだリュファス様も、訓練場で戦っていたリュファス様も。すごく素敵でかっこよくて可愛くて目が離せなくて……好きです、大好きです、大好きです、よっ！」

最後のほうは、ほとんど勢いだった。ぜえぜえと肩で息をする。

好きというだけでこんなにも疲れるとは思わなかった。ただ、無駄に達成感だけがある。どうだ！　という意味を込めてリュファスの顔を見上げたシンシアは、すぐに後悔した。

「………そうか」

「あ……え……」

リュファスが。

あの鉄面皮とまで言われたリュファスが。

今にも滴り落ちそうなほどとろけた甘い甘い笑みをして、シンシアを見下ろしていたのだ。

慌てて顔を逸らそうとしたが、体が言うことを聞かない。まるでリュファスの視線に縫い止められてしまったかのように、目が離せなくなってしまった。

未だに残っていた涙を、リュファスが口づけとともにさらう。

「……しょっぱいな。それなのに、どうしようもないくらい甘い」

「あ……リュファス、さ、ま、」

——わたしのものになってくれ、シンシア。

その言葉とともに重ねられた口づけは。

今まで食べたどんなお菓子よりも甘い、恋の味がした——

終章　伯爵令嬢と騎士公爵の、おかしな関係は続いていく

ポーッと、汽笛の鳴る音がする。

シンシアは、オルコット領のとなりの領地の中心部である、ランティス行きの汽車に乗っていた。

線路が通っているのがそこまでなので、あとは辻馬車での移動になる。汽車で五時間、馬車で二日かかる片田舎に、オルコット領はあった。

本来想定した状況と違う点を挙げるのだとすれば、第一に、汽車に乗ったことだろう。

（まさか、生きている間に汽車に乗れるとは……）

流れていく景色をガラス窓から見つめながら、シンシアはほう、と感嘆の吐息を吐いた。

汽車とは、クランガリヌという特殊な鉱物を動力源とした乗り物だ。クランガリヌに蓄積された魔力を送り込むことによって動くため、馬車とは比べものにならないくらいの距離を走るのだという。

他にも色々な乗り物に使われているが、なんせお金がかかる。そのため、貴族やお金のある人だけが使える乗り物になっていた。

第二に、シンシアが今いる席が個室だということだろう。自由席よりも二倍ほど高いので、そうそう使わない。その代わり、備えつけられたソファがふかふかだったり、膝掛け

を借りられたり、サービスが行き届いていたりと、とても快適に過ごしている。

そして第三に——個室の向かい側にリュファスが腰掛けているということか。

個室を一通り確認し、個室からの風景を堪能したシンシアは、そこでようやくリュファスを見た。

リュファスは今、外行きの格好をしている。それは服装だけでなく、見た目もだ。白銀の髪を黒に、緋色(ひいろ)の瞳を紫色に変えた彼を、王族だと思う人はいない。緋色の瞳が、王族の証(あかし)だからだ。

だから今のリュファスは『よいところの貴族様』という風貌をしていた。

帰郷する日を翌日にずらし、共に汽車に乗ろうと提案してきたのもリュファスだ。

その理由は——婚約の許可を、シンシアの両親に取りに行くため。

そのためだけに、リュファスは仕事を休みここにいる。

となりの個室には護衛が何人かいるが、シンシアとリュファスは二人きりだった。そのため、妙に緊張してそわそわしてしまう。

だからシンシアは落ち着くまで、外の風景を眺めたり内装を観察したりして気を紛らわせていた。

汽車に乗り始めてから一〇分。シンシアの気持ちもだいぶ落ち着いてくる。そこで彼女は、一番気になっていたことを聞いた。

「……リュファス様。お仕事、本当にいいんですか？」

「……ん？　ああ、問題ない、エリックにすべて任せてきたからな。それに、一番苦しむのはエリックくらいだ。仕事が好きなあいつとしては、楽しい作業だろう」

手元の手帳に何かを書きつけながら、リュファスは淡々と言った。

（バーティス様、不憫です……）

羊のような青年の姿を思い浮かべ、シンシアは心の中でほろりと涙をこぼした。

しかしリュファスをあれだけ慕っているエリックのことだ。リュファスに仕事のすべてを任せてもらえたことを喜んでいるかもしれない。

「それよりもシンシア。気持ちは少し落ち着いたか？」

「あ、はい。馬車くらいしか乗ったことがなかったので、汽車はとても新鮮で……楽しいですね。そういえばロンディルスに向かったときは馬車でしたが、汽車のほうが速いのでは？」

「ああ。確かに速さだけで言うなら、汽車のほうがいいのだが……王国騎士団は、魔物の噂を聞いて不安になっている民草に、安心感を与えるのも役割の一つだからな。ああして姿を見せながら遠征するのが習わしなんだ」

「そんな理由があったんですね。リュファス様のこと一つ知れて嬉しいです」

胸元で両手を合わせながら、シンシアは笑う。

「これからだって知っていけるさ」

リュファスはそう笑いながら、手帳を眺めた。紙面いっぱいに字が連なっているのを見て、シンシアは首をかしげる。

「リュファス様、何を書いているのですか？　お仕事の内容です？」

「ん、これか？　いや、オルコット卿をどう説得しようかと思ってな」

「……へ？」

「シンシアは、オルコット家にとって大事な娘だろう？　そんな君と婚約したいと言うのだから、色々な想定をしつつ文章を考えておこうと思ったのだ」

　真顔であっけからんというリュファスに、シンシアは絶句する。

（こ、この方は……っ）

　ぷるぷると震えながら、シンシアは頭を抱えた。

「シンシア、どうした？」

「……普通に『娘さんをください』みたいな感じでいいと思います、はい、恋愛小説的に見て」

「シンプルでよいのか。それならなんとかなりそうだな」

　本気で言っているあたり、心臓に悪い。シンシアはため息を漏らした。

「……そもそも、そんなに急いで婚約関係を結ぶ意味ってあるのですか？」

「……あるに決まっているだろう。早めに紙面で関係を結んでおかないと、どこぞのいけ好かない男が君をかっさらっていかないとも限らない。いや、金に物を言わせて何かしてきそうな気がする」

「誰ですかそれ」

「グラディウス卿だ」

「ない、絶対ない、あり得ません！」

「君はわかっていないな！　あの男は基本的に、女性を平等に扱うんだ！　なのに君だけには妙に絡んできて、腹立たしいことこの上ない……」

「……リュファス様、グラディウス公爵閣下のことお嫌いなんですか？」

「君に不用意に絡んできたからな。嫌いだ」

リュファスの刺々しい態度に、シンシアは今日何度目かになるため息をこぼす。

（こんな平凡顔女のどこに目をつけるっていうんですか……それにグラディウス公爵閣下みたいな方は、身分から性格まで、何から何まで完璧な貴族令嬢を選ぶに決まってるじゃないですか。あの人外面とか気にしそうですし）

そう思ったが、言わないでおいた。その言葉から、リュファスがシンシアをとても大切にしたいと思っていることが伝わったからだ。

（こんなにも想われてるなんて、夢みたいです……リュファス様の婚約者になるからには、中身くらいは立派な淑女にならなくては！）

ひとまず所作や礼儀作法はどうにかするので、今は服装事情については勘弁してほしい。お金がない貧乏貴族の懐事情は、とても厳しいのだ。

「リュファス様がそこまで想ってくださっているのですから、私も頑張りますね！　何事にも動揺しない、立派な淑女になります！」

「それは頼もしいな」

リュファスはそう言うと、なぜか笑顔になった。嫌な予感がして身を引いたが、手首を引かれ体が前のめりになる。

――ちゅっ。

軽いリップ音とともにキスされ、シンシアは震え上がった。

「リュファス！　さま⁉」

「顔が真っ赤だぞ、シンシア。何事にも動揺しない立派な淑女になるのだろう？　これくらいで顔を赤くしていたらいけないな」

「リュファス様、意外と意地悪ですね⁉」

「だって、君があんまりにも可愛らしい反応をしてくれるから、つい」

（ついってなんですか……！）

そう怒りたいのに、リュファスが笑っていると強く怒れない。シンシアは顔を真っ赤にしたままうなだれた。

昨日ラブレターを渡して、想いを通わせてから、リュファスは何かとシンシアに意地悪をしてくる。これには、さすがのシンシアも慌てた。

ギルベルトの絡みは笑顔で流せたのに、相手がリュファスになっただけで反応が大きくなってしまうのである。

リュファスはそれを楽しんでいるらしいし、やめるつもりはないという態度だ。

これから先一日以上リュファスと一緒にいるのに、大丈夫なのだろうか。こんなのが続いたら、シンシアの心臓がもたない気がする。

そう思っていた矢先、リュファスがシンシアのことを引き寄せ自身の膝に乗せた。

「……リュファスさまー？」

「二人きりなんだからよいだろう？　それに、しばらくはシンシアと離れることになるから、少し寂しい。できれば離れたくないんだ。……こんな気持ちは初めてだから、どうしたらいいかわからなくてわたしも困っている」

シンシアのことをぎゅうぎゅう抱き締めながら、リュファスは耳元で呟いた。彼の手が、シンシアの黒髪を梳いていく。指先でくるくる弄ばれているのがなんとなくわかった。

「なんで諦めようと思えたのかわからないくらい、君が愛おしくてたまらない。わたしは自分は無欲な人間だとばかり思っていたが、そうではなかったのだな」

一度吹っ切れたリュファスの恐ろしさを身をもって体験したシンシアだったが、離れたくないのはお互い様だ。

だから今日くらいはと自分に言い訳をし、ぎゅーっと抱き着く。

「……リュファス様の欲はそこまで多くないほうだと思いますよ。私はなんでもかんでも叶えばよいなって思ってますけどね。……まあまさか、リュファス様と両想いだとは思っていませんでしたが」

「ケーキの件はともかく、わたしが女性を不用意に誘う男だと思うか？」

「うぐ……でもやっぱり、立場とか色々ありましたから、わからなかったんですよ」

「わたしも周りが見えていなかったからな。お互い様だ。……まぁどうやらうちの使用人たちは、そんなわたしたちをくっつけようとばたばたしていたらしいが」

「…………へ、ちょっと待ってください…………それって既に、ジルベール公爵邸の方みんなが、私たちの気持ちに感づいていたということですか⁉」

「らしいぞ。はたから見たら、丸わかりだったらしい」

（ああ、だから皆さん、妙にそわそわとしてたんですね……）

しかしあのマチルダまで認めていたのは不思議だ。シンシアのことを毛嫌いしていたはずなのだが。

そう思っていると、リュファスが神妙な顔をする。

「ナンシーは昨日、手紙を携えて部屋に飛び込んできて『これを今すぐ読んで、シンシアのところに行ってきてください！　もし行かないなら、あたしお仕事ボイコットします！』と叫んできたし、君と思いが通じたのを知ったマチルダは『リュファス様、よくやりました。使用人一同心からお祝い申し上げます。ですが安心するのはまだ早いです。すぐにでも紙面で婚約関係を結んできてください。逃げられる前に囲うべきです』と言ってきた」

「…………ナンシーさんのみならず、メイド長まで何言ってるんですか⁉」

「すまないな。おそらく、わたしのことを心配しての言葉だ。あとなんだかんだ言って皆、シンシアのことを気に入っているんだろう。『変なのが奥方としてやってきたら仕事を放棄するつもりでしたが、リュファス様と相思相愛な上に相手がシンシアですからね。認めましょう』とまでマチルダに言われてしまった」

「ひ、ひえ……」

どうやらシンシアはいつの間にか、ふるいにかけられていたらしい。

認めてもらえて嬉しいのだが、ちょっぴり恐ろしかった。敵にならなくてよかった、本当に。

「ですが、少しだけホッとしました。リュファス様はひとりぼっちではなかったのですね」

「みたいだ。わたしとしても驚いている」

「屋敷の中でくらい、気を抜いてもいいのでは？」

「…………考えておく」

そこでぷつりと、会話が切れた。リュファスの体に身を預けながら、シンシアは何を話そうかなと思案する。が、特に何も浮かばない。

そんなとき、リュファスがシンシアの耳に触れた。

「……ピアス、つけていてくれたんだな」

「あ……だって、リュファス様からいただいたものですし……それに、つけていると安心するんです」

「そうか。わたしもだ」

そう言うリュファスの耳には、シンシアと同じピアスが煌めいていた。

リュファスがシンシアを見下ろす。その顔は、シンシアが想いを打ち明けた昨日のように甘いものになっていた。とくりと胸が鳴る。

「寂しくなったら、話しかけてもいいか？」

「……はい、もちろんです。毎日必ずつけます」

「ありがとう。これのおかげで、シンシアと繋がれている気がする。……わたしは意外と、本当に好きな人には依存するタイプみたいだ。手放せそうにない」

そんな告白を聞いて、シンシアは首を横に振った。

「手放さないでください。私も、リュファス様のこと大好きだから……だから、どんなに遠くにいても想ってます。リュファス様のとなりにいるためなら、どんなにつらいことも頑張れます」

「シンシア……」

「多分、私の予想もつかないことがこれから起きるのだと思いますけど……嫌なことが起きたときはまた、ケーキを食べましょう。甘いものは、みんなを笑顔にしてくれるんですから！」

そうにっこり笑えば、リュファスも笑ってくれる。

道端で出会いケーキを食べたときよりも、笑顔が柔らかくなった。今こんなにもよいほうに変われているのだから、きっとこれからも大丈夫だろう。

するとと、リュファスの顔が近づいてくるのがわかった。何をされるのか理解したシンシアは、そっと目をつむる。

リュファスとの口づけは、何度しても甘くて、心まで溶けてしまいそうな気持ちにさせられた。

「これから先何があろうとも、君だけは手放さない」

「はい。手放さないでくださいね。私も、あなたにふさわしい女性になれるよう頑張りますから」

そんなやり取りを交わしながら、二人は無事オルコット領に着いた。

リュファスがやってきたことに家族はみんな驚いていたが、リュファスがプロポーズをするとさらに目を丸くした。

しかしそれ以上にリュファスのことを歓迎し、二つ返事で婚約を結ぶことを了承してくれる。母親に至っては、喜びのあまり滂沱（ぼうだ）の涙を流していた。

どうやらシンシアが結婚できないのではないかとかなり心配していたようだ。

オルコット家の人間は、ささやかながらもリュファスをもてなし、彼が王都に戻る日になると残念がる。

シンシア自身も落ち込んだが、マメに手紙や贈り物が送られてくるためすぐに気にならなくなった。

（宝物が増えました）

手紙箱にリュファスからの手紙を入れながら、シンシアは微笑む。

何がおかしいって、ピアスで話すこともできるのに、手紙や贈り物を送ってくるところだ。けれどそれが、ひどく嬉しい。

前まで家具が最小限しかない簡素な部屋だったのに、今ではすっかりリュファスからの贈り物でいっぱいになっている。それがとても愛おしかった。

寂しくなったときは瓶の液体を垂らし、ピアスからリュファスの声を聞けた。

寂しいのはリュファスも同じだったのか、夜寝る前に必ず連絡してくる。夜空を見上げながら、お互いに一日の報告をするのがシンシアの日課になってしまった。

遠く離れていても確かに繋がっている。それが嬉しくてたまらない。


それから半月後。ジルベール公爵とオルコット家の伯爵令嬢が婚約したという話が、ランタール王国中に広まることになったのだった――

伯爵令嬢と騎士公爵のおかしな関係／完

伯爵令嬢と騎士公爵のおかしな関係

発行日　2023年7月25日 初版発行

著者 しきみ彰　イラスト 中條由良

発行人　保坂嘉弘
発行所　株式会社マッグガーデン
〒102-8019 東京都千代田区五番町6-2
〒102-8019 ホーマットホライゾンビル5F
編集 TEL：03-3515-3872　FAX：03-3262-5557
営業 TEL：03-3515-3871　FAX：03-3262-3436
印刷所　株式会社広済堂ネクスト
担当編集　須田房子（シュガーフォックス）
装　幀　早坂英莉＋ベイブリッジ・スタジオ、矢部政人

ISBN978-4-8000-1347-7 C0093　Printed in Japan